総合商社 対露班

波多野 聖

ハルキ文庫

角川春樹事務所

目次

総合商社　対露班

第一章　戦火とビジネス

「もうお終《しま》いだァ!!」

青山仁《あおやまじん》は絶叫した。目の前の光景が信じられない。

「嘘《うそ》……だろ……」

さっきまでそこにあった建物が瓦礫《がれき》の山に変わっている。そしていくつもの死体が路上に転がっている。

「……」

硝煙の臭《にお》いと大量の血が発する異様な気配に、自分がすっぽり包まれている。

ゾクッと体の芯《しん》が震えた。

仁は小太りで子供の河馬《かば》を思わせる容姿だが、愛嬌《あいきょう》のあるその瞳《ひとみ》が恐怖で凍っている。

仁は夢を見ているのだと思った。

「そうだ夢だ。これは夢なんだ。悪い夢だ。目が覚めればいつもの生活だ」

妻の美雪《みゆき》と十歳の息子、悟《さとる》の顔が浮かんだ。

「エッ⁈」

目の前に悟が倒れている。

「悟ッ‼」

仁は駆け寄り、しばし呆然《ぼうぜん》となった。

はっと我に返ると、それは悟と同年代の男の子の死体だった。

「なんなんだ⁈　これは一体何だッ⁈」

全《すべ》てが現実だった。

「ミスターアオヤマ‼」

耳元で声がした。

「危ない‼　こんなところにいてはいけない！　逃げないと駄目だッ！」

現地コーディネーターのロベルト・カミンスキー、仁と同い年のポーランド人だ。

癖のある英語で逃げようと何度も繰り返す。

逃げるしかないのは仁も分かっている。

「どこへ逃げるんだッ？　どうやって？　空港はやられて飛行機は飛べないだろッ？」

砲撃で破壊されたと聞かされていた。

「クルマで西へ向かいましょう。ポーランドを目指しましょう！」

仁は混乱しながらも冷静に考えた。

（ここからポーランドって……千百キロはあるぞ）

そこは……ウクライナ。

マリウポリという名の都市だった。


二ヶ月前の二〇二二年一月。

大手町にそびえる高層ビル、NFタワー三十階にある総合経営企画部の会議室に管理職が集まっていた。

NFタワー（Naga-Fuku Tower）、総合商社・永福《ながふく》商事（Naga-Fuku Corporation）の本社ビルだ。

そこで新年恒例の企画会議が行われた。

〝革新的総合商社〟〝ネオ総合商社〟を目指し新設された総合経営企画部、その部長である稲山綾子《いなやまあやこ》は会議の冒頭言った。

「総合商社の本来性を取り戻す。それがこの部の目指すところであることは何度も申し上げています。コロナ禍によって世界が一変しましたが、ウィズコロナが常態化しつつある今、ビジネスでは対面も可能になって来ています。我々としてもこれまでとは違い、総合商社の本来の強みであるフットワークを活《い》かして、新たな局面への対応を戦略的に描くことになります」

総合商社の強み、それは実際のビジネスの現場に触れ、関連するあらゆる情報に皮膚感覚で対応を考えられることだ。

ヒト・モノ・カネが回転するまさにその現場を訪れ、見ることで得られる情報はリモートの数倍になる。

情報は量もそうだが質、特にビジネス環境を全体で知ることが何より重要なのだ。

稲山はこれからの企業は利益の極大化を図るだけでなく事業に関《かか》わる全ての存在、人や地球環境への貢献を目指すものでなければならないと考えている。

「私は当部の今年の大きなテーマとして日本の安全保障を据えようと思っています」

皆はその稲山の言葉に注目した。

「この国はバブル崩壊以降、失われた十年、二十年……これは更に続くかもしれません。悲観的な物言いをしましたが今や日本国の未来を予測する時、最悪を想定しておかなくてはならないと考えます。戦略を立てる際は……天使のように大胆に、悪魔のように細心に……誰《だれ》よりも勇気を持ちながら誰よりも臆病《おくびょう》でなくてはならないとも考えます」

真剣な表情の稲山に皆は聞き入った。

「少子高齢化が止《や》まず国として絶対的な活力を失い続ける日本、その最悪を考えておくこと。総合商社が様々な最悪場面を想定し、それに対処し最悪を回避するビジネスの枠組みを作っておくこと。様々な分野でそれを今から仕掛けておくことが不可欠だと思っています」

第一課長の青山仁が質問した。

「部長はどのような分野を具体的に考えてらっしゃるんですか？」

稲山は手元の端末を操作してスクリーンに映し出した。

『日本の安全保障としての食糧確保』

稲山は言った。

「国の安全を脅かすものは様々ありますが、国民にとって最大の危機は食べ物がなくなることです。飽食を続ける日本人は全く意識していませんが、日本の食料自給率は驚くほど低い。何らかの事情で食糧の輸入が出来なくなれば、あっという間に餓死者は続出、鴨長明《かものちょうめい》が『方丈記《ほうじょうき》』で描いた平安時代末期のような惨状を目にすることになります。皆さんに一つ質問させて下さい。日本が食料自給率を百％にするには耕作面積を今の何倍にしなくてはならないと思いますか？」

第二課長の池畑大樹《いけはただいき》が「二倍ですか？」というと稲山は首を振った。

「三倍必要になります。しかし国土の七割が山林のこの国では実現不可能。人口減少は深刻な問題ですが、日本人を食べさせる現実そのものは極めて心許《こころもと》ないということです」

池畑がその稲山に訊《たず》ねた。

「すると……当部で日本の食糧需給実態を精査した上でシミュレーションを行い、当該問題に関して当社の現状と何が出来るかを早急に考えようということですか？」

稲山は頷《うなず》いてから言った。

「その通りです。実は具体的に一つあります。日本の小麦やトウモロコシは北米からの輸入が殆《ほとん》どで世界的産地であるロシアやウクライナからはゼロです。あらゆる最悪を想定した場合、何らかの事情で北米からの輸入が出来なくなった時も考えておかなくてはいけない。代替補完ルートの確保がこれからの課題になって来ます。昨年末からウクライナ産の上質の小麦の仕入れルートを関係各部とも当たったところ……ポーランドのコーディネーターからウクライナのルートを紹介するとの打診がありました」

仁がそれを聞いて言った。

「今そのウクライナとロシアが揉《も》めてますよね？　もし軍事的衝突があればそんな地域からの輸入は高いカントリーリスクを持つ。そういうリスクを取ることを排除しないということですか？」

その通りだと稲山は言う。

「あらゆる局面での最悪の事態、それを想定して全方位から戦略的食糧を確保できるよう道筋をつける。それが総合商社のこれからの安全保障上の使命だと思っています。ですが、それはルートを既に確保しての話です。流石《さすが》に今すぐにでも戦争になる可能性のある地域にこの時点で当社から人を派遣する訳に行きません。ポーランドのコーディネーターにも当面はサスペンドの連絡をしてあります」

皆がその稲山の報告に納得していた時だ。

「ちょうどいい。僕がウクライナに行って来ますよ」

それを聞いて皆が驚いた。

「お前、自分が何言ってるか分かってるのか？　今、ロシアやウクライナが危ない、カントリーリスクと言ったのはお前だぞ！」

池畑が呆《あき》れた顔つきで仁を見た。

「こんな状況だから見ておく、知っておく。シミュレーションを現地で実地に出来る好機のようなものじゃないですか。まぁ、本当にロシアがウクライナを攻めるかどうかは分からないし。総合商社がビジネスを行う上でまさに実存を知ること。そういうチャンスは活かすべきでしょ？」

仁の言葉は妙な説得力を持っていた。

そんな発言をさせた裏に、仁の家庭の出来事があったことは誰も知らない。

(そうなんだよ。ここで美雪に胸を張って言えることをやらなきゃ……)

前週末、仁は妻の美雪と息子の悟の怪我《けが》のことで口論となった。

「なんでこんなことになったんだよッ？　美雪がついてたんじゃないのか！」

悟が公園の鉄棒で遊んでいる時に脱臼《だっきゅう》したのだ。直《す》ぐに美雪が病院に連れて行き、ことなきを得たが、仁はその時の状況を聞いて腹を立てたのだ。

恐《こわ》がっていたのに悟の身長より遥《はる》かに高い鉄棒にぶら下がってみろと言ったのは美雪で、悟は失敗して腕を脱臼したのだ。

美雪は自分が悪かったなど一言も言わず、「なんにでも挑戦すること。それから失敗を学ぶのが実存なの」といけしゃあしゃあとしている。美雪は大学時代に哲学を専攻、中学校の社会科教師だ。

「子供に危ないことをさせて、それでも母親なのかッ!!」

仁は気色ばんで言ったが、美雪は蛙《かえる》の面に小便という様子だ。

それがさらに仁を怒らせた。

何を言っても「実存を知るのが教育」の一点張りだ。

「あなたも新しい何かに挑戦して実存を知りなさいよ。そうすれば悟に色んなことを学ばせることが出来る。悟は脱臼で学んだよ。痛みとは何か、本当に危ないこととは何なのかをね」

その美雪の挑発の目が仁をウクライナに向かわせたのだ。

「逃げましょう!!　ミスターアオヤマ!!」

ロベルトの顔が恐怖で蒼《あお》くなっている。

「何が実存だ‼　死んじゃうんだよッ‼」

戦争の現実がそこにあった。

◇

永福商事の社長室で稲山綾子が社長の和久井貞雄《わくいさだお》に沈痛な面持ちで報告をしていた。

「全て私の責任です」

稲山は青山仁がウクライナで音信不通となっていることを告げた。

「万一の場合はあなたも僕も辞職しないといけませんね」

和久井が微笑《ほほえ》んでそう言うと、稲山は「申し訳ございません‼」と深く頭を下げた。

「兎《と》に角《かく》、状況を正確に教えて下さい。私も出来ることを全力でやりますから……」

和久井は一切稲山を責めず、ここからのベストの対応だけを考えているようだった。

二人は嘗《かつ》て特命班班長と班長代理として、会社の命運を左右する難しいプロジェクトを成し遂げた関係だ。

そしてそこには青山仁も池畑大樹も加わっている。

四人は特別な絆《きずな》で結ばれた関係だった。

「青山君の出張先はポーランド、そう稟議書《りんぎしょ》には書かれていますが……当初からウクライナへの入国が目的だったんですね？」

その通りですと稲山は答えた。

「総合経営企画部の活動の骨格に〝想定外を作らず〟を置き、ロシアによる侵攻可能性があるウクライナを視察することで〝万が一の場合、どのように永福商事は活動が可能か〟……想定外を作らない為《ため》に敢《あ》えて戦争可能性のある現地を訪れ全てを見聞することが必要と考えたからです。参考としたのは軍隊の観戦武官でした」

和久井は少し考えた。

「確かにこれまで当社は安全な国や場所、商圏でしか企業活動を行ってこなかった。それが狭い想定しか与えて来なかったのは事実ですね。これからの世界の変化の中で〝想定外〟を作らない努力を行うのは悪くない」

そう言ってから和久井は語気を強めた。

「だが戦争です。現実の戦争。そうなる可能性の高い場所に社員を送り込むことはいくら総合商社としてもあってはならないことだ。……と普通の上司なら言うでしょうね」

和久井は柔和な表情になった。

「エッ？」

稲山は驚いてその和久井をじっと見た。

「青山君は大丈夫ですよ。心配ありません。彼はいつもどこかに〝徳〟を感じさせる人物です。そんな人は不思議と守られているものです。こんなことを言うと変ですか？」

　意外なことを言う和久井を見ながらも稲山は落ち着きを取り戻した。

「兎に角、彼は大丈夫です。その上で……この件は全て上手《う ま》く行くと考えて整理してみましょう。いいですね？」

　稲山は頷いた。

（和久井社長は真のリーダーだ。こういうリーダーがいれば必ずプロジェクトは成功する）

　業務上のストラテジー（戦略）やタクティクス（戦術）を考える時、古今東西のビジネス事例だけでなく戦争での出来事も研究して来た稲山は、今の和久井に日露戦争でバルチック艦隊を壊滅させた東郷平八郎《とうごうへいはちろう》を思い起こした。

（ロシアとの戦いを直前にして、大事な軍艦が事故で沈んだことを知って顔面蒼白《そうはく》となった海軍の幹部たちに、平然と「どうかね？」と飴《あめ》を勧めた東郷……和久井社長はまるでその人のようだ）

　和久井は稲山がここまでの経緯を纏《まと》めた報告書に目を通した。

「将来の食糧危機を回避する為の調達ルートの確保……今現在、小麦やトウモロコシの調達先ではないロシアやウクライナからの新規調達が可能かどうか？　それをまさに〝想定外〟が起こりそうな時に現地に行って調査しておく……かなりギリギリの話し合いが事前にされたと思いますが？」

その通りですと稲山は答えた。

「青山課長はしきりと〝実存〟を知るべきだとして『侵攻が予想されるなら余計に現地を訪れて〝想定外〟がどのようなものか経験しておくべきだ』と主張しました。最終的には私も彼に押し切られる形で決断しました」

実存ねぇと和久井は呟《つぶや》き、脳裏に仁の容姿が浮かんでその言葉とのギャップに可笑《おか》しくなった。

「確かに戦争は究極の実存です。命を懸けた剝《む》き出しの人間の生《なま》の争い……実存を学ぶにはこれ以上のものはない。そして……」

和久井は稲山を見据えた。

「この戦争は世界のパラダイムを変える。それを予測しそこねるとビジネス上の敗者になってしまう。日本企業はバブル崩壊以降、敗者であり続けた。この戦争でのパラダイム変更を見誤ると致命傷となり一気に三流国家に落ちぶれる可能性があるでしょうね」

その言葉は重く響いた。

「ある意味、今回の総合経営企画部の勇み足は正解を得ることに繫《つな》がるかもしれませんよ」

顔がパッと明るくなった稲山が言った。

「音信不通は現地のネット環境が寸断されたことと、万一の場合に持たせた衛星電話のバッテリーが切れた可能性があります。青山課長と連絡が取れ次第、指示を出しますが心掛けておくことはございますか？」

少し考えてから和久井は答えた。

「青山君をどう救うかの対処方針だけでなく、そこから青山君をどう使うかの戦略が必要ですね。世界の歴史が変わるような戦争が起こったのですから……」

稲山は深く頷いた。

それから和久井はフッと笑って見せてから言った。

「これは……夢物語に聞こえるかもしれませんが日本の企業にとっての究極の戦略目標となるかもしれません。それは……」

次の和久井の言葉に稲山は驚いた。

「この戦争を日本の総合商社が終わらせる。その論理と心理を考えてみませんか」

その言葉に雷に打たれたようになった稲山に和久井は噛《か》んで含めるようにして続ける。

「戦争を起こす枠組みの表と裏をしっかり把握すること。すると終わらせる道筋が見える筈《はず》です。そして敵を知り己を知ること。先《ま》ずは我々総合商社の今を知らなくてはならないですね」

和久井はタブレット端末から永福商事の既存のロシア・東欧関係ビジネスに関する情報に目を通した。

既に別会社『ジャパン・ナチュラル・エナジー（ＪＮＥ）』へ移管してあるが、永福グループにとってロシアの原油・天然ガスのエネルギー資源権益は巨大なものであり続けている。

「日本にとって総合商社を通してのロシアの天然資源権益はエネルギー政策で欠かせないものです。欧米各国と連携してのロシアへの経済制裁にも政府はそこは決して含めないでしょう。しかし、ロシアへのエネルギー依存は今後減少させることが求められるのは必至ですね」

そこで和久井は何か思いついたような様子を見せたが次に永福商事が直接関わっているロシア・ウクライナでのビジネスを改めて検証していった。

「グローバル業務部のまとめによると航空機リースが最も大きいですね。ロシアは四百から五百機の航空機を欧米と日本からリースしている。日本は約一割……リース債権である機体は戻ってはこないと考えないといけないですね」

稲山の手元にも資料はある。

「最悪だと四百億円近い損失の計上になりますね」

和久井はその通りだと答えて続けた。

「あとは建機と自動車……ロシアやウクライナにも日本メーカーのものを輸出していますし、販売代理店、ディーラーも持っています。このオペレーションは全て止まることになりますね。政府から要請されているようにロシアビジネスから撤退した場合のシミュレーションは定性面では出来ますが、定量化はまだ各部門から上がって来ていない状態です」

和久井は早い段階からビジネスよりも永福商事の社員とその家族の安全を第一に考え、安全対策推進本部に指示を出してトルコのイスタンブールへの避難を完了させていると語った。

「それは永福に関連したウクライナ人の従業員とその家族もということですね？」

当然ですと和久井は答えた。

「日本企業は立派だと思ったのは自動車メーカー最大手がポーランドやジョージアの代理店経由でウクライナへのサポートをするため、資金作りに国内で基金を募っています。その面的あり方には感心します。我々商社はそこまでの絆は持っていない。線的と言えますね」

稲山も和久井の説明に感じ入った。

「全体的なビジネスを見た場合、ロシアの航空機は使えませんし、ロシア上空を外国の民間機も飛ばないとなると……ロジスティクスへの影響は暫《しばら》く続きますね。そしてカザフスタンやキルギスのレアメタル……金額的には大きくはありませんがハイテク産業を含め様々なエリアに影響は長期化するでしょう」

そう言ってから和久井は決然とした調子で続けた。

「社内に対ロシア班、対露班を作ります。総合経営企画部が中心になって下さい。大きな枠組みから小さなものまで目配りが出来るものにして下さい。ヒト・モノ・カネ、ロシアとウクライナに関係する全てのものの動きを常時追って行かないといけない。特に今は青山君のことがあります」

稲山は和久井の指示に即応した。

「直ぐに立ち上げます。先ずイスタンブールに池畑課長を送ります。彼に青山課長とコンタクトを取らせ現地から状況を報告させます」

そうして下さいと和久井は言ってから、

「あと――」

そこからの和久井の話に稲山は驚いたが、対露班の重要度と和久井の強い覚悟が分かる内容だった。

◇

池畑大樹は妻真由美《まゆみ》の大阪の実家にいた。

新型コロナウイルスのまん延《えん》防止等重点措置期間が明け、娘の真樹《まき》を連れて親子三人での久しぶりの里帰りだ。

真由美の両親は千日前《せんにちまえ》で大衆食堂を営み忙しくしている。初めて孫に直接対面出来て大喜びだったが、池畑は青山仁のことが気掛かりでならない。

（あいつ……本当に大丈夫か？）

凄惨《せいさん》なウクライナの状況が店のテレビに映される度、池畑は顔をしかめていた。

その池畑の前には鯖《さば》の味噌煮《みそに》とミンチカツが真由美の手で置かれた。

「ビール飲むか？」

真由美に訊ねられて池畑は我に返った。

「あぁ……ありがとう」

真由美は店の手伝いをし、娘の真樹は義母に連れられて外に遊びに出ている。

「……」

池畑はビールを口にしたが味がしない。

仁の言葉が思い出される。

「こんな状況だから見ておく、知っておく。シミュレーションを現地で実地に出来る好機のようなものじゃないですか。まぁ、本当にロシアがウクライナを攻めるかどうかは分からないし。総合商社がビジネスを行う上でまさに実存を知ること。そういうチャンスは活かすべきでしょ?」

テレビではミサイルが高層アパートに撃ち込まれる様子が何度も繰り返される。

(あいつ……かっこ良いこと言って出かけていったけど生きてるんだろうな?)

部長の稲山に何度かメールを入れているが、その度まだ連絡がないと返って来る。

「あんた、早よ食べんと冷めてしまうで」

あぁそうだねと池畑は我に返って箸《はし》をつけた。

「……」

真由美は池畑から同僚の仁がウクライナに行ったことを聞かされ、池畑の心中がどんなものか分かっている。

もし仁ではなく池畑がウクライナに行っていたとしたら……そう考えるだけで頭がおかしくなる。

沈痛な表情を続ける池畑に真由美は言った。

「あんた。うちの店で陰気な顔せんといて! 雰囲気悪なる」

敢えて夫にそう言う。それが真由美流の支え方であり自分の心をも支えるやり方だ。

「あぁ……そうだね。ごめん」

そう言って池畑はミンチカツを口に運んだ。

「いつもながら旨《うま》いな。このメンチ、いやミンチカツ」

真由美は「そや、それで合《お》うてる」と笑う。

池畑は鯖の味噌煮を食べビールを飲み笑顔を作る。それで少しポジティブになれるのが不思議だった。

(青山は大丈夫だ。あいつは悪運の強い奴《やつ》だ。自分から買って出て入り込んだ地獄だ。蜘《く》蛛《も》の糸にしがみついてでも戻って来る筈だ)

そうしてグッとビールを飲み干した。

「あんた……真由美ちゃんの婿さんやな?」

酔った常連の年配客に声を掛けられた。

「はい。その通りです」

あ、東京弁やなと客は言う。

「エリート商社マンやて聞いてるで」

池畑は苦笑した。

「商社マンですがエリートではないです」

客は真剣な顔で池畑に訊ねた。

「教えてぇな。ウクライナはどないなるんや? ロシアは日本にも攻めて来るんか?」

池畑は笑った。

「日本は大丈夫ですよ」

客はさらに訊ねて来る。

「商社マンは世界のことが分かるやろ？　なぁ？　世界全体どうなるんや？　ここから日本はどうなるんや？　商社マンやったら分かるやろ」

そこで真由美が割って入った。

「おっちゃん！　うちの人いじめたら出禁にするで！　ゆっくりビール飲ましたって！」

客はおぉ恐ッ、かんにんかんにんと離れていった。

「……」

だがその客の言葉は池畑の心に刺さった。

(商社マンなら分かる？　そうだ！　今日本で世界の状況を一番分かっていないといけないのが商社マンの筈だ！)

そこから池畑は考え続けた。

商社マンとは何か？　今この日本で、世界の中で、商社マンとは何かと……。

店のテレビがロシアのウクライナ侵攻に関する総理大臣の言葉を流している。

それを聞いてさっきの客が言った。

「いっつも他人事《ひとごと》みたいやなぁ。『国際社会と協力して』とかどうとか……たまには『日本はこうします。日本の代表としてこう考えてます』とか言えんのかなぁ」

まさにそうだと池畑も思った。

戦争となるとこの国はいつも他人事だ。第二次世界大戦後、この国は自国の経済発展のことだけ考えて戦後七十年を生きて来た。

外交も安全保障もアメリカ任せ、他人事であって経済を豊かにすることだけ、企業は利益拡大を、個人は所得の増加だけを……考えていればよかった。

「ほんまにこんなんでええんかなぁ……こんなえらいことになってる時に日本の総理大臣が真剣みの感じられんようなことばかり言うてて、国民もまぁこんなもんやろと受け取ってて……」

池畑は客の言葉を聞きながら、ごく普通の人たちにまでも、この状況はこれまでとは違うと思わせていることに驚きを感じた。

「私と真樹は暫く大阪におるわ」

その夜、池畑がパジャマ姿になって客間に敷かれた布団に入ろうとした時、真由美が突然そう言い出した。明日の午後には親子三人、東京に戻る予定になっていた。

「どうして？　お義父《とう》さんもお義母《かあ》さんも元気そうだし……店の手伝いは大丈夫だろ？」

その池畑をじっと見詰めながら真由美は言った。

「青山さん、心配なんやろ？」

池畑は少し驚いたが、頷いた。

「心配だけど……どうしようもないよ。戦争になってしまったんだから……」

真由美は次のその言葉を……絶対に言いたくなかったが何故《なぜ》か口にしてしまう。

「ほんまにエエんか？　あんたはそれでほんまに？」

心とは裏腹のことを言ったことに真由美は自分でもおかしいと思った。

（うちは一体なに言うてんのや？　大樹が死んでもエエと思てんのか？）

だがそんな本心とは違う何かが真由美に言わせてしまうのだ。

「ウクライナに行かんでも、ポーランドとかルーマニアとかで青山さんの消息を調べることが出来るんちゃうの？」

嘗《かっ》て同僚でもあった真由美は商社の機能を良く知っている。

池畑は驚きながらも真由美の言葉で心のモヤモヤが晴れた気がした。

「本当にいいのか？」

場合によっては自分もウクライナに行くという意味であるのを真由美は理解している。

「あんたの好きにしたらエエやん。第一会社が許してくれるかどうか分からんやんか」

池畑は頷いた。

「分かった。取り敢えず俺《おれ》は明日一人で東京に戻る。部長と相談の上の話で……どうなるか分からないけど……直ぐに連絡するよ」

池畑はひとり東京行きの新幹線の中にいた。

新型コロナウイルスによるまん延防止期間が明けて新幹線もビジネス客や観光客で混むようになっている。だがロシアのウクライナ侵攻で空気は一変した。戦争という二文字が今の日本人の心にリアルに響いているのだ。

日本人と戦争、日本人の戦争観。

池畑は昨日の酔った客の言葉を考えていた。この国のリーダーに対して言ったことだ。

「いっつも他人事みたいやなぁ。『国際社会と協力して』とかどうとか……たまには『日本はこうします。日本の代表としてこう考えてます』とか言えんのかなぁ」

ロシアのウクライナ侵攻は対岸の火事ではない筈だ。

ロシアの大統領が標榜《ひょうぼう》しているように「世界の中では力こそが真実」を見せつけ、中国が台湾への軍事侵攻を行ったら、日本は一体どうするのか？

「……」

車窓に富士山が大きく映っている。

池畑は夏目《なつめ》漱石《そうせき》『三四郎《さんしろう》』を思い出した。

日本で誇れるのは富士山だけ……日露戦争に勝利し世界の一等国の仲間入りをしたと意気揚々としている日本を「滅びるね」と言い切った筆者漱石の心の裡《うち》を考えた。

さらに今の自分とは何かと池畑は自問した。

商社マンであり、夫であり、父である。

「そして日本人だ」

日本人と口に出してみた。

力こそが真実であるとして世界が動き出している時に日本は、日本人は何をすればいいのか？

「総合商社の力とは何だ？　それこそが今、俺たちが真剣に考えなくてはならないことじゃないのか？」

池畑の脳裏に仁の顔が浮かんだ。

愛くるしい瞳がそこにあった。

◇

青山仁は助手席でずっと震えていた。

ハンドルを握るポーランド人コーディネーターのロベルト・カミンスキーも震えている。

道の両側は瓦礫の山で死体がそこここに放置されている。

「……」

仁もロベルトも終始無言だ。

平和な日常しか知らずに来た人間が、途轍《とてつ》もない恐怖とショックを受け続けているのだ。何も考えられずしばしば襲ってくる吐き気と闘っている。

仁は運転するロベルトの肩を揺すった。

ロベルトは直ぐに車を止め、仁はドアを開けて道に嘔吐《おうと》する。同時にロベルトも……。

二人とも胃袋は空っぽで胃液だけが排出される。

それはまだ正常な人間の神経がなせる反応だった。嘔吐によって恐怖とショックを外に押し出すことが出来る生理現象だ。

だがそれを通り越すと……今度は何も感じなくなってしまう。恐怖とショックは排出されず精神の奥深くに沈み込んでいく。そうなると人間はなかなか立ち直れなくなる。

仁たちはその瀬戸際にあった。

「なんでこんなことをするのかな?」

仁が重い口を開いた。先ほど抱きかかえた子供の死体の感触が腕に残っている。その子供に息子の悟を幻視した。

「なんでこんな酷《ひど》いことになるのかな?」

独り言のように呟く。

ロベルトは何も言わない。

暫くしてようやく両側に農地が広がる穏やかな道に出た。そこはどこにも戦争などないかのようだった。

「あぁ……」

仁もロベルトもその平穏な風景に幸福を感じた。

「このまま……進めるといいね」

仁がホッとしてそう言った。

「祈りましょう。兎に角、ポーランドまで生きて戻りましょう」

仁は妻の美雪との出発前のやりとりを思い出した。


「海外出張？　それもポーランド？　何か大変なことになろうとするこの時に？」

仁が東欧出張を美雪に話した時、そう畳みかけて来た。

待ってましたとばかり仁は言った。

「実存だよ。世界の実存を見て来るんだ」

はぁという表情を美雪がする。

「何が本当に起こっていて、真実はどこにあるのか？　世界が今一番知るべき実存を見に行くんだよ」

美雪がその仁をじっと見詰めて言った。

「いいね。いいよ、今のあんた」

へッという顔つきに仁はなった。

「今は何が本当で何が嘘か分からなくなってる。フェイクニュースやディープフェイク……ITの発展が情報を信じられなくさせてしまってる。凄《すご》い皮肉だよ。私も学校で子供たちに世界とは何か、真実とは何かを教えるのに凄い苦労を感じてる」

滔々《とうとう》と美雪は語り始めた。

「自分の目で見る、聞く。そうして実存を知る。今この大変な世界で本当にやらなければならないのはそれだよ」

仁はそれを聞いて誇らしくなりながらも、怖くなった。

（戦争を見て来いということかよ……死ぬかもしれないのに）

仁は訊いた。

「それで死ぬことになるかもしれないけど……いいのかい？」

いいわけないでしょと美雪は語気を強めた。

「絶対に死んだり怪我《けが》をしたりしないで戻って来るの！　あんたは無事でないといけないの！　分かった？」

無茶苦茶だなぁと呟きながらも仁は嬉《うれ》しかった。

だがこの時、まさか戦争になったウクライナに仁がいるとは美雪も思っていなかった。

そして死線を潜《くぐ》ることになっているとも……。

ウクライナ穀倉地帯を西に向かって仁とロベルトは車を走らせていた。

トランクには予備のガソリンと食糧、携帯コンロや水が積んである。ロベルトは慎重で機転が利き準備をするのも早い人物だったが、大局観を間違えていた。

「大丈夫です。戦争にはなりません。ロシアは脅しているだけです。そしてウクライナはロシアに必ず妥協しますから……」

その言葉に乗って仁はウクライナの東、ロシアのすぐそばまで足を運んだのだ。

「マリウポリにある穀物会社数社で話を聞きましょう。上質の小麦やトウモロコシの取り扱いはマリウポリの会社がやっています」

ウクライナの穀物は中東やアフリカに殆どが輸出されている。米国やカナダ産に比べると品質が劣る為《ため》に日本には入って来ていない。

「少なくとも品質の良いものを確保できるルートが必要だな」

仁はそう考えて動いたのだ。

マリウポリ国際空港に着いてタクシーで街中に入った時、「落ち着いた雰囲気の良い街だなぁ」と仁は思った。どこにも不穏な様子はなくごく普通に市民生活が送られていた。

それが数日で一変する。

「戦争ってこういうことかッ！」

仁はそれまでずっと会社との連絡を欠かさなかったが、通信インフラが攻撃で使えず、万一の場合でも通信可能な衛星電話はポーランドに忘れてきてしまったのだ。

そこへ攻撃が本格化した。

生まれて初めて聞いた砲撃の音、爆発音、低空を飛ぶ戦闘機の衝撃波、軍用ヘリコプターの分厚いローターの音……そして人々の悲鳴と怒号によって平常心は失われた。

そこからは殆ど記憶がない。

気がついたら今、クルマを西に向かって走らせているのだ。途中、何度もウクライナ軍の検問を受けたが、ウクライナ語に堪能なロベルトが全てやり取りをして通過していく。

「ジャパンのトレーディングカンパニーの者だ。ウクライナを助ける為にジャパンに状況を報告して支援物資を送らせる。ここからポーランドへの安全な道を教えてくれ」

そうやって西へ西へと向かう。

穀倉地帯を見ながらロベルトが言う。

「ソ連のスターリン支配時代に大飢饉《だいききん》があって……ロシアが小麦やトウモロコシを収奪してウクライナでは餓死者が大勢出たんです。でもロシアはそれで助かった……そのことを今も恨みに思っているウクライナ人は大勢いるんです」

隣国同士、力の強い方が弱い方から奪う。質量の大きなものが小さなものを引きつける……重力法則のような国と国との力関係に仁はやりきれない気持ちになる。

日本で同じことが起こったら自分はどうするだろうかと思った時だ。

「それでも戦うのが人間なのか？」

大が小を呑《の》み込むのであれば結果は見えている。

「そして戦争……」

「？」

仁は自分の腕が震え続けていることに気がついた。止めようと意識しても止まらない。

(俺は……おかしくなっている！)

恐怖とショック、そしてストレスから心身は変調をきたし始めていたのだ。

仁の脳裏にＰＴＳＤという言葉が浮かんだ。

これまで商社マンとして何度も死ぬような目に遭って来た。

鹿児島港で貨物船の倉庫に入っての酸欠事故、アメリカで高いサイロの氷のついた梯子《はしご》から滑り落ちそうになったこと。そしてショットガンを三人から向けられた時のこと。

(だが……今回は段違いだ)

本当の戦争、硝煙と血の匂《にお》いと死体や傷ついた人々の群れ……映像ではなく実存としてそれを捉《とら》えてしまった。

美雪にはウクライナに入ったことは一切知らせていない。位置情報を知られないようにしてラインでやり取りしていたが……戦闘が始まってからは出来なくなっていた。

マリウポリでは攻撃される側のウクライナ人だけでなく、攻撃するウクライナ人も見た。ロベルトに教えられたが……それは親ロシア派戦闘員を容赦なく殺すウクライナの極右戦闘員のアゾフ大隊の兵士たちだった。

「彼らはロシア人が大嫌いなんです。第二次世界大戦の時、ソビエトロシアの圧政からウクライナを解放してくれたのはナチスドイツだったと考える者も多い。彼らをネオナチとロシアが主張するのはあながち的外れではなく……偏った民族主義者集団として存在を続けているんです」

ポーランド人のロベルトはナチには敏感だ。

「私の近親者も第二次世界大戦の時に何人もナチスドイツに殺されています。そして戦後のソ連時代にはソ連兵によるポーランド兵大量虐殺、カチンの森事件もありました。強権国家というのはいつの時代も恐ろしいのです」

ポーランド人にとっての対ウクライナは、決して好意的な感情だけではなく複雑なものもあるのだと言う。

国家と国家、民族と民族、宗教と宗教など……違いを感じる人々は無くならず、世界は一筋縄ではいかない。

仁は現代史の授業で民主主義国家同士の戦争はないことを以前教えられ、「そういうものか」とだけ思っていたが、こうやって戦争を体験するとそのことの重要さが分かった。

腕の震えは止まらない。

あとどのくらいでポーランドに着くのか……見当もつかなかった。

◇

池畑大樹は東京に戻り、部長の稲山綾子とミーティングを持った。

「対露班！」

大樹は稲山の口から出たその言葉に驚いた。

「和久井社長からの指示を受けてのものです。総合経営企画部が中心になって組成します。対ロシアそして旧ソ連衛星国家とのビジネス対応……大きな枠組みから小さなものまで全てに対応できるようにとの要請です。ヒト・モノ・カネの全て……今はロシアとウクライナに関係する情報を可能な限り集めることになります」

池畑は渡りに船だと思った。

「私を現地に行かせて下さい。青山を探し出すことが何よりやらなくてはならないことだと思います！」

稲山は頷いた。

「池畑課長にはイスタンブールへ行って貰《もら》います。当社のグローバル業務部が設置したウクライナ対策室がオペレーションを行っています。ひとまずそこにジョインして下さい」

池畑は声を小さくして訊ねた。

「イスタンブールから……ウクライナに入って良いということですね？」

黙って稲山は頷いた。

「社内の公式な出張手続きはイスタンブール滞在になりますから……ご理解下さい」

池畑はニヤリと笑った。

「ミッション・インポッシブルですね」

稲山もそれに微笑みで返した。

「当局は一切関知しない……とは申しません。青山課長を見つけ次第、イスタンブールへ連れ戻って下さい。バックアップは全面的にします」

頷きながら池畑は訊ねた。

「それで？　対露班の最初のミッションは青山の救出ですが……それからは？」

そこなんですと、稲山は姿勢を正してから池畑が驚くようなことを話した。

「この戦争を日本の総合商社が終わらせる⁈」

稲山が和久井社長からそんなミッションを与えられたと言うのだ。

稲山は続ける。

「戦争を起こす枠組みの表と裏をしっかり把握しろと……そうすると終わらせる道筋が見

みた。

池畑は和久井社長という人物の底知れなさを改めて感じた。そしてその言葉を反芻《はんすう》してみた。

「戦争を起こす枠組み……その表と裏」

自分たち日本人にとって戦争はどこまでも他人事だった。太平洋戦争に敗れ、平和憲法が制定されてからの日本にとって戦争とは、タブーであり続けた。

稲山が和久井との打ち合わせを思い出して付け加えた。

「敵を知り己を知ること。当社のロシア・ウクライナに関するビジネスの現況を定性面では確認出来ましたが……本当の意味でもっと深く個人や組織として〝敵と己の双方を知る〟ということが必要なんだと思います」

その言葉に池畑も同意した。

「そうですね。我々は総合商社である。総合商社の社員、商社マンである。組織、個人、そこにあるもの、そこにあることをしっかりと見据える。我思う時、そこに総合商社があり、商社マンがある。しかしその前に個人としての自分がいる。人間としての自分。青臭い理論ではなく戦争を前にした時のしっかりとした自己と他者の認識、それが必要なんだと思います」

大学時代に哲学が好きだった池畑らしい言葉だった。

それを受けて稲山は言う。

「我々はビジネスを行っています。何より大事なのは利益の筈です。そこに従業員としての我々がいる。企業にいることの大前提です。そして戦争は国と国とが行う争い。ロシアとウクライナの戦争……そこに第三国の、日本の、利益を追求する商社の人間がその戦争を終わらせる。その為に何が最も大事なのか？　考えなくてはならないんです」

その問いかけを池畑は考えた。

「やはりそれは……日本人としての、日本の、アイデンティティーでしょうね」

稲山もそうだと応《こた》えた。

「私もそこが一番大事なのだと思いました。我々日本人は、日本とは一体何なのか？　過去七十年間、戦争に関わって来なかった国、憲法で〝戦争放棄〟と明記されるが故にこれまで戦争に参加しなかったということになりますが……その本質は単に日本人が現状追認主義であり続けただけではないかと思うんです。真の意味で、心から、原理原則を大事にして〝戦争を放棄する〟国民ではなく、ただ〝戦争がないから戦争はしない〟という……流れの中だけで来たと……」

その稲山の指摘はその通りだと池畑は思った。

「そんな国民の国は恐いですよね。流れで全てが追認される。一旦《いったん》戦争になったらその流れには誰も逆らわないで流れていく。プリンシプルのないことの恐ろしさをそこに感じます」

そして池畑はふっと笑った。

「そんな国の、それも利益を旗印として追求する総合商社がこの戦争を終わらせる？　そんなことちゃんちゃら可笑しいことなんじゃないですか？」

その通りですと稲山は真剣な顔つきになった。

「でも、ここで、我々日本人が、戦争を知らない、知ろうともしなかった日本人が、そして金儲《かねもう》けが目的の総合商社が、戦争を終わらせるため真剣に努力すること。徹底的に考え、情報を収集し分析し判断して計画し、実行に移すこと。このまま最悪まで進むと第三次世界大戦になるという今の状況ではそれは必要なことではないでしょうか？」

池畑は「でもそれも新たな現状追認主義では？」と皮肉っぽく言った。

稲山は頷いた。

「そうかもしれません。ロシアのウクライナ侵攻が始まってからの日本人の反応を見ていると、情緒的に反応し行動しているのが良く分かります。今の池畑課長の指摘は凄く大事な点を突いています」

素直にそう答える稲山に池畑は訊ねた。

「部長はどんな点に今の日本人の情緒的な反応を見て取られているんですか？」

稲山は微笑んだ。

「政府も地方自治体もそして企業や個人でも難民を受け入れることを表明しているじゃないですか」

おっしゃる通りですねと池畑は言った。

「でも……アフリカや中東で同じようなことが起きて大量の難民が発生したのにそんな反応がありましたか？」

アッと池畑は思った。

「マスメディアも誰もそんなことは言っていませんが、我々日本人の心理というものがそこにある。和久井社長が論理と心理とおっしゃったように、そこもしっかりと押さえておかないといけないと思います。現状追認主義と情緒主義……そんな国の、私企業が、『戦争を終わらせる』という大それたことを実現させるには、そういう眼《め》もしっかりと持っていかないと駄目でしょうね」

その通りですねと池畑は感心した。

「そして論理。表と裏の枠組みを把握すること。ロシアという国の行動原理は裏で殆どを決め、表に出て来た時には時既に遅しというものです。裏に関しては私の方で動きます。そしてその情報は出来る限り正確に速やかに開示して、対露班メンバーの意見を求めたいと思っています」

裏という話に池畑は驚いた。

「部長は何かルートがおありなんですか？」

稲山はなんともいえない表情をしてから「あるともないとも言わないようにしておきます。皆の安全に関わることなので……」

そう言われて池畑は改めて緊張した。

（一筋縄ではいかない相手だからな）

そしてそこから稲山は「大事なことですが」と新たな話を始めた。

「特別顧問？」

対露班に顧問がつくというのだ。それも和久井社長からの指示だと言う。

そして稲山は時計を見た。

午後五時を回ったところだった。

「今から二人で顧問との顔合わせになります。このまま外に出ますのでご一緒下さい」

驚きながらも池畑は同行した。


二人は会社の前からタクシーに乗り込んだ。

「JR新日本橋駅入口を目指して下さい。近くなればまた言います」

稲山は運転手にそう指示した。

十分もかからずその場所に着いた。

神田の老舗蕎麦屋《しにせそばや》『室町砂場《むろまちすなば》』の前で二人は降りて暖簾《のれん》をくぐった。

「ここで？　顧問と？」

池畑が訊ねるとそうだと稲山は頷く。

店の中はまん防が明けて混んでいる。

「あぁ、あちらにいらっしゃいますね」

稲山がそう言った。

（……部長は面識あるんだな）

そう思いながら池畑は稲山の後について奥の小上がりの方へ歩みを進めた。

（エッ?!）

池畑は驚愕《きょうがく》した。

「やぁ、先にやってました」

燗酒《かんざけ》を手酌で飲んでいたのは……永福商事前社長、来栖和朗《くるすかずお》だった。

第二章　情けは人の為ならず

・

「ミスターアオヤマ、ここなら電波が入るかもしれません」

ロベルトの言葉で青山仁はクルマのバッテリーで充電していたスマホを外した。

二十四時間二人で運転を交代しながら走り通して小さな街に入った時だ。

「ここは攻撃を受けてないようだね」

電波状態は悪いが、仁はあらゆるＳＮＳを使って会社関係者に発信を試みた。

「無事です。ポーランドに向かう途中」

そして妻の美雪には「電波の状態がずっと悪い。無事だから安心して」と打った。

町の中はシンとしている。

「住民は全員避難したようですね」

クルマをゆっくり動かしながらロベルトがそう言った時だった。

「？」

交差点で小さな影が前を横切った。

「今の……子供だよね？」

仁たちはその後を追って角を曲がった。

女の子が走り去っていく。

「まだ残っている人がいるようですね。食糧と水の補給をしないといけないですから……訪ねてみましょう」

二人は女の子の背中を追ってクルマを走らせた。

建物の中に入っていくのが分かった。

その前でクルマを停《と》め二人は降りた。

「……」

そこは集合住宅のようだが全くひと気がない。

ロベルトが建物の中に入り、仁がその後からついて行った。

「どこへ行ったんでしょうね？」

そうロベルトが言って、突然立ち止まった。

仁は「どうした？」とロベルトの肩越しに前を見た。

「?!」

少女がカラシニコフの銃口をこちらに向けていたのだ。

ロベルトは固まって何も言えなくなっている。

仁は落ち着いていた。

（銃口を向けられるのはこれで二度目だ）

そしてロベルトの耳元で言った。

「スマイルだ、ロベルト。両手を挙げて『僕はロベルト、君の名前は？』と笑顔で訊《たず》ねろ」

その仁の言葉で体がほぐれたロベルトは、両手を挙げて微笑《ほほえ》みながら少女にそう話しかけた。

「マリヤ」

そう言葉を返して来たがカラシニコフを構えたままだ。

「僕はポーランドから来た。日本の友だちと一緒に来た。君の味方だ」

仁はウクライナ語は分からないがロベルトが振り返ったので、自身も両手を挙げてありったけの笑顔を見せた。

少女は少し驚きながらも笑顔を見せる。

仁は慎重に指し示しながら、ポケットに入れていたスニッカーズを少女に差し出した。

「お菓子だよ」

ロベルトがそう言うと少女の顔が明るくなった。受け取るとカラシニコフを置いた。

仁とロベルトは顔を見合わせてホッと息をついたのだった。

「青山課長から連絡が来ました。『無事です。ポーランドに向かう途中』とあります」

稲山綾子は池畑大樹にそのメールを見せた。

仁がウクライナにいることは極秘扱いなので別室に池畑を呼んでのことだ。

「良かった!!」

稲山は社長の和久井や特別顧問の来栖にも報告したと語った。

「では明日、予定通りイスタンブールに向かいます。必ず青山を連れ帰ってきますので……」

稲山は頷《うなず》きながらも言った。

「先日の来栖顧問の言葉を忘れないようにしないといけませんね」

池畑の表情が引き締まった。


神田の老舗蕎麦屋《しにせそばや》で対露班は旗揚げされた。

「まぁ、飲みましょう」

永福商事前社長、レジェンドとされていた男がお銚子《ちょうし》の酒を池畑にすすめる。

池畑は恐縮しながら猪口《ちょこ》で受けて飲み干す。

来栖は稲山にも酒を注《つ》ぐと言った。

「後は手酌でやりましょう」

その気さくな感じに池畑は驚いた。

(この人が伝説の商社マン、永福商事中興の祖とされる方か……)

「当社からエネルギー関連分野を分社化しておいて本当に良かったですね。あなた方旧特命班のお手柄ですよ」

ソ連が崩壊した直後、当時の永福商事社長玄葉琢磨《げんようたくま》が低迷していた旧ソ連の原油天然ガス事業救済を目的に日本の総合商社五社を纏《まと》め上げ巨大権益を獲得した。その際に日本政府からODA(政府開発援助)を引き出したが、その裏には領土問題の解決がロシア政府との密約としてあったのだ。

その後、領土交渉は進展を見せなかったがエネルギー価格は上昇、日本商社の権益は結果として大きな収益源となる。一九九二年に玄葉が死去した後、ロシアや日本政府との難しい交渉をまとめたのが来栖だったのだ。

だがその後、日本の総合商社は長期に亘《わた》ったその利益に胡坐《あぐら》をかいて他部門の収益性の低下に目をつぶって来た。そのことをよしとしなかった来栖は刎頸《ふんけい》の友である和久井に特命班を作らせて、旧ソ連との権益交渉の内容をマスコミに暴露させ社会問題にした。そうして自身は社長を辞任するとともに、本体からエネルギー部門を分離させることに成功する。それによって総合商社本来の力を甦《よみがえ》らせようとしたのだ。

そこにロシアのウクライナ侵攻が起こった。

日本の総合商社がロシアに持つ原油・天然ガス権益は大きな問題として浮上していたのだ。

「総合商社がその本来性を取り戻す。その為《ため》のエネルギー関連の分社化はこの状況で正解だったと言えます。そして……総合商社に新たなミッションが生まれた」

来栖はそう言って猪口の酒を飲み干した。

池畑が銚子を持って注ごうとすると「手酌で」と断る。

（本当に偉ぶらない人だな）

感心していると焼鳥と玉子焼きが運ばれて来た。

「肴《さかな》も勝手にやりましょう」

そう言ってさっさと箸《はし》をつける。

稲山も池畑も来栖のペースに乗せられて気分が軽くなる。

「それにしても……和久井は凄《すご》いことを考えるものですね」

焼鳥を美味《うま》そうに食べてから来栖は言う。

「日本の総合商社がこの戦争を終わらせる、ということですか？」

稲山がそう訊《き》くと来栖は頷《うなず》く。

「冥利《みょうり》に尽きるじゃないですか。これほど大きなことを日本の総合商社がやる。やろうとする。出来るかもしれないし、出来ないかもしれない。私にはそんなことは考えられなかったけれど……和久井はその壮大なビジョンを今この難しい状況で考えつく。同期として常に頼れる男だと思っていましたが、これほど凄い男だとは思いませんでした」

稲山が微笑みながら玉子焼きに箸をつけた。

「その和久井社長のビジョンを実現してこその永福商事です。その為の対露班です」

来栖は頷いた。

「誰《だれ》もそんなことを考える日本人はいない。しかし今それを、この戦争を終わらせることを、真剣に考えてみようとする。自分がトップとして存在する組織にそれをやらせようとする……ある意味で存在の根源を和久井は考えているのではないかと思います」

池畑がその来栖に訊ねた。

「存在という意味では我々は営利企業です。株式会社です。株主の為に利益を追求することが、利益を極大化することが求められている存在です。そのことから逸脱は出来ないと思いますが？」

来栖は微笑んだ。

「そんな存在が今の危機的な世界を創り上げたとしたら？　別の言い方をしましょう。今の我々のその存在の考え方が間違っているとしたら？〝存在了解の誤り〟が今のあらゆる危機……地球温暖化、民主主義国家と強権国家の対立、社会の二極化を生み出しているとしたら？　そして、株主資本主義が存在了解の誤りから来ているものだとしたら？」

池畑も稲山もその来栖の言葉が分からない。

「私はロシアのウクライナ侵攻が始まる前からこのままでは世界は、人間存在は滅亡すると考えていました。早ければ十年、遅くても三十年以内に……」

二人は息を呑《の》んだ。

来栖は続ける。

「永福商事がエネルギー関連部門を分社化して商社の本来性を取り戻そうとしていることは滅亡の道を歩ませない為です。利益至上主義、株主資本主義、マネー中心主義をテーゼとする存在となってしまった総合商社ではないものに……。株主資本主義は存在了解を誤っている。人間存在よりもマネーという道具、本来は人間が道具として生み出したものの方が上になっている。そのことが人間存在を滅亡へと導いている。いいですか？　今回のロシアのウクライナ侵攻もその根底にマネーがある。ロシアのプーシキン大統領を支える新旧の財閥、あの国の産業を牛耳《ぎゅうじ》るマフィアたち。富を独占し大多数の貧困層をプロパガンダで隷属させる。そして今、貧しい若者達が戦争に駆り出されている。世界のあらゆる民族主義の過激化や国家の対立を煽《あお》っているのは過剰なマネーなんです。それを理解していないといけない。人間存在を考え直すこと。新・人間復活、ネオ・ルネッサンス、真の人間を取り戻す……それがこの戦争を終わらせるだけでなく世界を最終的な破滅から救うテーゼだと私は考えています」

池畑も稲山もその来栖の言葉の全《すべ》てを理解は出来ないが、深く考えさせられていた。

(来栖顧問は真実を知っている。善なのか悪なのか分からないが、今この世界を本当に動かしているものを……)

来栖の言葉はその存在に対する抗《あらが》いなのか諦《あきら》めなのか……分からないながらも自分に今出来ることを精一杯やろうと稲山は強く思うのだった。

◇

「私たち家族にとってこの戦争は地獄になりました」

青山仁とロベルト・カミンスキーはナターリヤ・クレバの部屋で話を聞いていた。

ナターリヤはカラシニコフを仁たちに向けてきた十歳の少女マリヤの母親だ。大学でロシア文学を教える講師で語学の専門家だ。流ちょうな英語で話す。

娘のマリヤは仁が渡したスニッカーズを母親の横で貪《むさぼ》るように食べている。

ナターリヤは足に障碍《しょうがい》があり大人の手を借りないと避難が出来ない。そして夫がロシア人だったことがさらに状況を悲惨なものにする。

「大学で同僚だった夫はアゾフ大隊の人間に『ロシアのスパイだ』と決めつけられて連れ

て行かれました。その後の消息は……分かってはいません。恐らくもう……」

殺されたと思うと言う。

「夫がロシア人だった為に私たち母娘《おやこ》は完全に周囲の人たちから無視され、取り残されてしまったのです。娘のマリヤが食糧を探しに毎日出ているのですが……子供の力で見つけるのは限界であと数日もつかどうかのところでした」

カラシニコフは地域防衛隊に志願して車椅子《くるまいす》でも撃てるよう訓練を受けた為に支給されていたもので、マリヤにも使えるように教えたのだと語った。

「幸い一度も使っていません」

そのナターリャもまだ仁たちに警戒心を完全には解かず、カラシニコフを膝《ひざ》の上に置いている。

「何か食べますか？　僕たちは食糧を持っています」

仁の言葉でナターリャの顔が明るくなった。

そうして仁はカレーライスを作ってやった。

日本を出る時に手製のカレーとご飯を真空パックにして持参して来たものだ。

仁はもし万一最後の食事となった時の為にリュックサックに入れていたのだ。

これを湯煎《ゆせん》して母娘に振舞った。

「美味《おい》しいッ‼　凄く美味しいッ‼」

ナターリヤもマリヤも涙を流しながら食べている。

仁は悟の声が聞こえたように思った。

「美味しいね！　お父さんのカレーはいつも本当に美味しい！」

すると仁も涙がこぼれた。

仁はロベルトに小声で言った。

「二人を一緒にポーランドまで連れていこう。このままではどうなるか分からないよ」

ロベルトもナターリヤの体の様子や家庭の事情から母娘の命は危ういと思っていた。

「分かりました。そうしましょう」

戦争の中に放《ほう》り込まれて、仁は初めて自分の命ではなく他人を守り救うことに頭を巡らせていた。

「？」

マリヤがビデオを観《み》始めた。日本のアニメ『セーラームーン』だった。

（そうか……こうやって日本のことも知ったりするんだな）

仁はナターリヤに一緒にポーランドへ避難しようと提案した。

「！」

一瞬、喜びの表情を見せたが直《す》ぐにナターリヤの顔が曇った。

「今のこの状況が……私たち母娘には続くんだと思います。夫がロシア人のウクライナ人が疎外されるのはポーランドへ行っても……」

仁はその言葉を聞いて反射的に思った。『セーラームーン』の歌が聞こえて来たからかもしれない。

「日本へ行ってみませんか？　難民として受け入れて貰《もら》える可能性がありますよ。日本ならあなたが不安に思うことはありませんよ」

ナターリャは一瞬ポカンとなった。

「日本……」

すると何とも言えない柔和な表情になって、カレーライスを食べる時でもずっと膝に置いていたカラシニコフを横に置いた。

「昔から大好きだった日本のアニメ……それでマリヤにも見せていたんです。その日本へ……」

ナターリャは子供の頃《ころ》に憧《あこが》れた世界でマリヤと暮らすことを想像してみた。

「ミスターアオヤマ、お願いします。私たちを日本に連れて行ってください！」

仁は大きく頷いて微笑んだ。

「先《ま》ずは国境を越えましょう。その後は僕が日本政府に掛け合います」

そうして四人によるポーランドへの逃避行が始まったのだ。

先ずナターリャの案内で食糧やガソリン、水のありそうなところをクルマで回って確保した。

「狭いけど我慢して下さい」

日本製セダンの後部座席は母娘と荷物で一杯になった。

そうして四人は西へ向かった。

ナターリャの指示のお陰で安全なルートを選んで走ることが出来た。

（？）

仁は止まらなかった腕の震えがなくなったことに気がついた。

苦しむ母娘のことを考え行動しているうちに自分の心の奥底に溜《た》まっていた恐怖とストレスが消えた証《あかし》だと思った。

（情けは人の為ならずとは……よく言ったもんだ。人は人に必要とされる。それに応《こた》えることが人間のちゃんとした生き方なんだ）

戦争という究極の実存を体験している仁にとっての大きな気づきとなった。

するとふともっと大きなことを考えた。

（どうやったら……この戦争を終わらせることが出来るのか？）

それを思い切って口にしてみた。

「ロベルトもナターリャも考えてくれないかな。どうやったらこの戦争を終わらせることが出来るのか？」

二人は唐突と思える仁の質問に驚いた。

「ロシアが勝手に始めた戦争なんです。ウクライナ軍が反転攻勢してロシア軍を撤退させる。それがベストですが……両国の軍事力の絶対的な差がある限りそれは難しい。どこかでロシア自身が勝利したと思ったところで終わるというのが一番可能性の高い戦争終結のシナリオでしょうね」

ロベルトはそう言った。

「でもそれはウクライナにとっては最悪だ。そうじゃない形で良い結果でこの戦争を終わらせるにはどうしたら良いのかな？」

ナターリャが首を振った。

「ウクライナの大統領は欧米に武器の供与を求めています。戦争前にもたらされた最新の兵器でウクライナ軍は善戦していると伝えられています。さらに武器が入ってくれば簡単にはロシア軍の勝利はないと思います。ウクライナは精神面で対ロシアでは強靱《きょうじん》です。国民は憎しみを糧に戦い続けますから……」

そう言ってカラシニコフを見せる。

（かなり犠牲者が出ることになるな）

仁は冷静にそう考えた。

戦争というもの、勝つか負けるかは死傷者の数や物理的破壊だけでは決まらない。肉体面、精神面でやられて戦意を失い全ての兵士や市民が自発的に降伏するか、戦況から「これまで！」と国家の指導者が判断し降伏を宣言することで決まる。

仁はこれまで見て来たウクライナ人たちのあり方から簡単に降伏はしないと強く感じ、これからまだ戦闘は続き相当な犠牲者が出ると思った。

（そんなことになる前に何とかこの戦争を終わらせることは出来ないのか？）

仁は震えが無くなった腕を組んで考えた。

その時、永福商事の専務の高井《たかい》が独特の関西弁で語った言葉を思い出した。

「エエか……どんな問題でも、ぶち当たった時に、ヒト・モノ・カネにちゃんと分けて整理して考えたらエエんや。そしたら解決のアイデアが浮かぶもんや」

それはビジネスでの考え方だが戦争でも当てはまるだろうと仁は思った。

（ヒト……ロシア人とウクライナ人、その間に生まれた憎しみ、それが戦争の原動力のようになっている。それは簡単に消すことは出来ない）

ヒトを指導者に限った場合、終結の鍵《かぎ》を握るのは両国の大統領だ。

（最も重要なのはロシアのプーシキン大統領が侵略を止《や》める判断をすることだけど……どうやったらそんなことをさせられるんだろう？）

仁は冷酷な瞳《ひとみ》を輝かせるロシアの大統領の顔を思い出した。

（あの大統領の心の裡《うち》、それがこの戦争の行方を左右する最大の鍵になることは間違いないが……）

仁は永福商事でロシアの要人と会ったことのある人間がいるだろうかと考えてみた。するとあることを思い出した。

（そうだ！　ひょっとすると……）

カミカゼという言葉がそこに浮かんでいた。

日本の総合商社というものの力を仁はもう一度考えてみようと思った。

◇

池畑大樹はトルコ、イスタンブール空港に着いた。

そして永福商事のトルコ支社であるＮＦトルコにタクシーで向かった。

日本人からするとエキゾチックなイスタンブールだがモダンなビルも多く建ち並ぶ。その一角にある建物の前でタクシーを降りた。

ロシアのウクライナ侵攻でトルコ国内にも緊張感があるかと思ったが……そんな感じは空港に着いてからも街の様子からも受けない。

「国民にとっては対岸の火事ということなのか……」

だがニュースでトルコの大統領が仲介に乗り出そうとしている動きは知っている。ＮＡ

TO加盟国であるトルコだが、ロシアともウクライナとも良好な関係を築いている。

池畑はトルコのしたたかさを思い出した。

それは二月半ば、青山仁を既にウクライナに送り出した後のことだ。社員食堂で軍事オタクの後輩と同じテーブルになった。

「ロシアはウクライナに軍事侵攻すると思うかい？」

池畑はラーメンのスープを飲んでから、オタクぶりをからかうつもりで豚カツ定食の後輩に訊ねたのだ。

「本気ですね。その証拠にウクライナの全土を囲むように軍を展開させているでしょう？こうしないと危ないと分かっているからです。完全に包囲した形で分散して攻めて行かないとやられてしまう。それが分かっての戦術を敷いていますから本気です」

池畑は軍事力ではロシアが圧倒的に有利だと聞いていたから、その後輩の言葉に違和感を持った。

「首都キエフに集中攻撃を掛けて今の大統領を倒してロシアの傀儡《かいらい》政権を樹立しウクライナを取り込んでしまう。やろうと思えば短期間にやれると思えるけど？」

後輩は味噌汁《みそしる》をズズッと啜《すす》って言う。

「軍隊を集中して首都キエフを陥落させるという一点突破で行こうとすると絶対にやられるんです。それが分かっているから大量の兵力を分散する形でウクライナを囲んで攻撃しようとしているんですよ」

池畑には分からない。

「何でやられるんだい？」

池畑はラーメンを食べながら訊ねた。

すると後輩はアルメニアとアゼルバイジャンの紛争をご存知《ぞんじ》ですかと訊ねて来た。

「あぁ、それはよく聞くな。確かいつもアゼルバイジャンが負けるんだろ？」

後輩はその通りですと頷いてからなんともいえない表情をした。

「キリスト教系のアルメニアをロシアが軍事支援してイスラム系のアゼルバイジャンがやられるというパターンが続いていました。ですが……一昨年《おととし》の戦闘でアルメニアがコテンパンにやられたんです」

池畑は何故今この話なのか……まだ分からない。

「何で、だったの？」

池畑の問いに後輩の目が光った。

「無人機攻撃、軍用ドローン攻撃、それもＡＩによる敵味方識別装置を搭載したドローンによる攻撃です。アルメニアの兵士が塹壕《ざんごう》に隠れていてもピンポイントで見事に攻撃されていく。アルメニア軍にとっては一方的にやられるばかりの惨状だったんです」

池畑は驚いた。

そしてさらに驚くことを後輩は言った。

「そのドローン、どこ製だと思います?」

池畑は当然アメリカか中国製と思ってそう答えた。

後輩は首を振る。

「トルコ製です」

エッと池畑は驚きの声を出してしまった。

「AI搭載型高性能ドローンをトルコは安価に製造して輸出しています。そしてウクライナはその製造工場を誘致しようとしてるんです」

池畑は全てを理解した。

「そうか! ウクライナ軍はそのドローンをかなり持っている。だからロシア軍とはいえ一点集中攻撃では危ないということか!」

その通りですと後輩は言う。

「ロシアは怖がっているんだと思いますよ。そんな兵器をウクライナ国内で製造されるのが……それも侵攻の理由の一つになると思うなぁ。まぁまだ誰も本当にロシアがウクライナに攻め込むとは思っていません。でも僕はかなり高い確率でロシアは攻め込むと思っています。アメリカの諜報《ちょうほう》機関もロシアの大統領は侵攻を決断していると伝えていますが……正しいと思いますね」

そして後輩は言う。

「今やトルコはそんな攻撃能力の高い兵器を製造する軍需産業を有しているということです。近年トルコが国際政治で存在感を増しているのは大統領のキャラクターもありますが、それを支える有力な軍需産業がトルコ国内に育っているからです」

世界の政治は兵器が動かしていると後輩は言う。

「兵器というのは売り切り買い切りではありません。有効な使用法は実戦を経て随時アップデートされていくものです。それは供給元が効率的に行う。さらに武器はメンテナンスが非常に重要です。それも供給元がサポートする。つまり兵器をある国から購入するとその国は絶対に敵には回せなくなる訳です」

池畑はそれで納得した。

「なるほど……すると国連総会などでロシアや中国を支持する国というのは、全て武器を買っている国ということなんだな？」

その通りですと後輩は頷いて豚カツとご飯を頬張《ほおば》り、味噌汁を飲み干した。

「欧米各国とロシア、中国というのは武器を使って真の政治力を発揮するんです。それが国際政治の現実なんですよ」

池畑はイスタンブールに来る途中、この会話を何度も思い出していた。

「兵器、武器……この戦争の勝ち負けを左右する大きな要素……しかしそこに日本が絡むことは絶対に出来ない」

戦争を日本の総合商社が終わらせるという命題に対する極めて高い壁ということだ。

永福商事は軍用機も扱っているが、全て防衛省向けで武器輸出三原則によって日本企業は他国向け兵器の製造・輸出に関わることは出来ない。

池畑は平和憲法を持つ日本という国、その機能を現実的に考えてみようと思った。

高校一年の時に憲法第九条を巡って父親と議論したことを思い出した。

農機メーカーのエンジニアだった父親がミャンマー（旧ビルマ）の工場に単身赴任していた時、ヤンゴン（旧ラングーン）にいる父を夏休みに訪ねたのだ。

父親は工場内の従業員宿舎の一室に住んで自炊していた。会社が用意してくれていた屋敷のような一軒家と使用人を断って従業員との一体感の為にとそうする人物だった。

良き人間たろうとどこまでも実直で分を弁《わきま》え謙虚な姿勢を貫く。それは息子に対しても同じだった。

その父の真の強さを垣間見《かいまみ》たように思ったのが、憲法九条を巡って議論となった時のことだ。公民の夏休みの宿題として池畑には『憲法九条、私はこう考える』というレポートの提出が課されていた。

池畑は父親が憲法九条についてどう考えているか興味があった。

第二章　戦争の放棄
第九条　日本国民は、正義と秩序を基調とする国際平和を誠実に希求し、国権の発動たる戦争と、武力による威嚇又は武力の行使は、国際紛争を解決する手段としては、永久にこれを放棄する。
　前項の目的を達するため、陸海空軍その他の戦力は、これを保持しない。国の交戦権は、これを認めない。

「父さんはこれをどう読んでどう考えるの?」

父親はフッと笑みを漏らしてある人物のことを話し始めた。

「大樹は石原莞爾《いしはらかんじ》という男を知っているか?」

知らないと言うと続けた。

「日本陸軍きっての俊英で戦略家、指揮官として満州《まんしゅう》事変を立案実行した人物だ。その後、中国との戦争に反対して東条英機《とうじょうひでき》と対立、退役してしまう。『世界最終戦論』などで大きな戦略性の必要を説いた人物だ」

　その石原が敗戦後にインタビューを受けた映像を父親は見たことがあるという。

「そこで石原は……この憲法九条を日本は奇貨とすべしだという意味のことを言っていた

んだ。一切の軍備を持たず、国民が攻められ虐殺され、婦女子が強姦《ごうかん》され、国土が蹂躙《じゅうりん》されようと、構わないとする覚悟。それだけ戦争を憎み、絶対的不戦を尊ぶという覚悟。そういう覚悟を日本国民がこの憲法九条とともに持てば、世界から畏怖《いふ》され真の安全保障を獲得出来る筈《はず》だと……そういう意味のことを言ったんだ」

そこで父親は遠くを見るような目をした。

「だがそれは結局、理想で終わった。日本は朝鮮戦争を機に米国の要請もあって兵力を持つに至った。自衛のための軍備は合憲との政治的憲法解釈でそうなっている。だが……」

池畑はその父親をじっと見詰めた。

「私は石原が言ったように名実ともに完全な戦争放棄の樹立を完全な憲法九条の遵守で日本が行っていたら……世界はもっと良くなっていたと思うんだ」

父親の話はそれで終わった。

「日本の総合商社が戦争を終わらせる」

池畑は呟《つぶや》いた。

そこで別の現実を思い出した。

「あの時訪れたミャンマーは今、軍事政権下で大変なことになっている。あの美しい国が……」

人類は結局、争いから逃れられないのかと暗澹《あんたん》たる気持ちにもなる。

だが池畑は来栖の言葉を思い出し、究極のミッションの成功への道を考え抜こうと己を奮い立たせた。

◇

「我々は明日ワルシャワに向かいます。池畑課長も一緒に行かれますよね？」

永福商事トルコ支社内に設けられていたウクライナ対策室はポーランドのワルシャワに移ると室長はいう。

「総勢三十名、ワルシャワからリモートでオペレーションを行います。ウクライナ東部から南部にかけては大変な被害を受けて自動車関連ビジネスは開店休業ですが……うちが鉄鉱石の権益をもつ鉱山のあるポルタバ州は一切被害が出ていません。まぁ鉱山しかない街ですから、当然と言えば当然でしょうが……」

そう言って笑う。

「現地鉱山にはメカニックの大半が残っています。それによってオペレーションは通常通り行っていますが、港が使えないので採掘した鉄鉱石は鉄道での輸送のみになっています。輸送体制がそんな状況ですから稼働は通常の六割弱ですね。それでも動いていることをよしとしないといけませんからね」

　どんな状況でもモノが動けば商売になる。まさに日本の総合商社の生《なま》の姿がそこにあった。

「当然私もご一緒します。ワルシャワオフィスを連絡拠点にさせて頂いて、ウクライナ国境まで行こうと思います」

　池畑がそう言うと室長は驚いた。

「ウクライナに入るんですか？」

　池畑は事情を全て話した。

「青山課長がマリウポリにッ⁈」

　室長は音信不通なら仁はもう死んでいるのではないかと思った。

「無事だという連絡が来ました。ポーランドへ向かっているということです」

　そうでしたかとホッとした表情を室長は見せたが、直ぐに緊張の面持ちになった。

「戦況はかなり激しくなっています。安全なルートを取れていると良いのですが……」

　池畑もそれは心配だった。

（あいつ……本当にちゃんとポーランドへ戻って来られるんだろうな）

「いざという時は私がウクライナに入って青山を連れて帰って来ますので……」

　室長は出来る限りのバックアップはしますと約束してくれた。

そうして池畑はワルシャワへ向かった。

仁はこれまでの人生で自分のそばに障碍を持った人はいなかった。

（障碍者の生活ってこんな大変なのか……）

ナターリャが移動する際の難しさ、平和な生活の中でも大変なのに今は戦争中だ。

仁はナターリャから多くの障碍者を持つ家族が避難を諦めウクライナに残っていることを聞いた。激戦地に残るとなれば高い確率で死を意味する。

ナターリャは自分もそうなると思っていたが……仁たちの登場で避難を決断した。それも日本に行くという大決心だ。

そこから気丈に、出来る限り仁たちに世話を掛けないよう頑張っている。娘のマリヤも母の面倒をよく見る。その二人に仁もロベルトも鼓舞され活力が湧《わ》くように感じた。

（人というものは本当に凄い。生き抜いてみせるというエネルギーは周囲に伝わる）

それはウクライナの大統領のあり方にも言えた。ウクライナ国民がその尊厳を懸けて生き抜くこと、国を守ることを真摯《しんし》な言葉でＳＮＳで発信することが国民を鼓舞している。

（だけど……）

仁は考えた。

そもそも戦争とは何なのか？

武力による国家の意思の遂行になるが……何故起こるのか？

「どんな問題でも、ぶち当たった時に、ヒト・モノ・カネにちゃんと分けて整理して考えたらエエんや。そしたら解決のアイデアが浮かぶもんや」

高井専務の言葉が聞こえる。

戦争はまさにヒト・モノ・カネの全てが複合的に絡まって起きる。

（起きる前と起きた後、そして終わった後）

時系列でヒト・モノ・カネを考えてみようと仁は思った。

国と国、人と人が殺し合う戦争、そこには歴史や民族というものが必ず絡んでいる。

ロシアとウクライナは兄弟国、そういう言葉を仁は来る前に聞かされていた。それが戦争になると容赦のない殺し合いになる。

カネやモノが絡む余地のない容赦のない感情のぶつかり合い……怒りや憎しみというものがそこにあるのを仁はマリウポリで強く感じた。

仁は考える。人を殺したり傷つけたりさせない為に人を縛る法というものがある筈だと。

ロシアのウクライナ侵攻はしきりと国際法違反だと非難されている。しかし法は全く戦争を止める機能を有していないことが分かる。

「なんの為に法はあるんだ？」

確かに欧米各国や日本がロシアへの経済制裁の根拠に〝国際法違反〟ということを使っ

ている。しかし法の無力ということは思わざるを得ない。

嘗《かつ》てソ連が第二次世界大戦の時、日ソ中立条約を破って対日参戦したことを思い出した。

条約という国と国との約束事を一方的に破ったことへの罰則も賠償も、そこにはなかった。

それどころか日本固有の領土である北方領土を奪われた。

ヤルタ会談での米英との約束、ソ連の対日参戦の方が力関係で上回ったからだ。

「結局……全ては力なのか？」

ロシアの大統領の「力こそ真実」という言葉があらゆるものを塗りこめていくように感じてしまう。

力……国の力。

軍事力、政治力、経済力、ソフトパワー……その中で今は物理的な力、暴力の究極である軍事力が圧倒的な力を見せている。

六千三百発の核弾頭を持つロシアという国を相手に、全面戦争に及ぼうとする国はない。

ＮＡＴＯは決して参戦しない。参戦すれば第三次世界大戦となり人類が滅亡する可能性がある。

仁はこれまで〝常識〟とされて来たことがロシアによるウクライナ侵攻で卓袱台返《ちゃぶだいがえ》しのようになったのを感じた。

核兵器の存在によって大きな戦争は起きないという〝常識〟は風前の灯火《ともしび》となっている。

そしてもう一つの〝常識〟、それは仁たち商社マンにとって重要なものだった。

「グローバリゼーションでサプライチェーンのネットワークが広がれば国と国とがビジネスで強く結びついて戦争は起きない」

常識というよりもそう信じていたものがここでは通用しなかった。ロシアという国の対欧米ビジネスインターフェースが資源・エネルギーの一本足だったことが大きい。草の根で結びついてはいない。

さらにロシアという国の産業のあり方だ。大企業と零細企業だけで中間がない。

大企業を牛耳《ぎゅうじ》る財閥は旧共産党幹部が多く、ロシア社会の仕組みを熟知する存在だ。政権と財閥さらに新興財閥、そこに生まれる癒着《ゆちゃく》と汚職体質、極少数のグループだけに大きな利益が集まる仕組みによって大企業の殆《ほとん》どはまともに税金を払っていないという。

「ロシアの国家収入は資源・エネルギーからだけ」

そう言われているのだ。欧米や日本とは極めて異質の経済産業体質の国だ。

財閥は政権の意向で動く為に、広く世界の情報を基に企業活動を行うことは少ない。

「大統領とその取り巻きが産業・企業を私物化しているのが、ロシアという国の経済の本質ということ」

その国家が戦争を始めた。

ヒト・モノ・カネでそれを仁は考える。

人……国民の六割は貧困層とされその人たちは政府の主張を鵜呑《うの》みにして生活している。中流層は企業に勤める人たちだが、その企業は営業内容も財務内容も不透明で資本の論理ではなくロシアの仕組みで動いている。

富裕層たちは政権と強く結びつき税金をまともに払わず資産を海外に分散させて財産づくりに励む。

仁はロシア駐在の後輩の話を思い出した。

「モスクワのレストランで食事すると日本円で五、六千円は掛かるんですよ。店の窓の外から貧しい人たちが中で食べている客を羨《うらや》ましそうに大勢で並んでじっと見つめている。でも中の客たちは平気なんです。同情心など一切ありません。『あれは別の生き物』という感じです」

さらに超富裕層たちの生活には驚かされる。

「日本料理店だと日本円で一人六万円から七万円取られます。毎日豊洲《とよす》から新鮮な魚が氷漬けで空輸されて来ますから……凄いですよ」

そんな国のトップであるロシアの大統領が戦争を決断してウクライナに攻め入ったのだ。

「想定外をなくしましょう！」

そう言って勇んで仁は、ウクライナに入り想定を遥《はる》かに超える状況を体験し続けている。

「これをどうビジネスに活《い》かすんだ？」

戦争という究極の実存は見た。しかしビジネスでこれからどう展開の可能性を考えるかは全く見えてこない。

クルマの中で母娘は歌っている。

ウクライナの歌の旋律は悲し気だった。

◇

東京の総合経営企画部では、部長の稲山綾子が情報収集に追われていた。

青山仁が無事だと分かって安堵《あんど》しながらも、予断は許されないと気を引き締める。

イスタンブールの池畑大樹から電話が入った。

「これからイスタンブールのウクライナ対策室と一緒にワルシャワへ移動します。そこからウクライナの国境へと向かいます」

稲山は了解の旨を告げてから言った。

「青山課長の安全を確保出来たら直ぐに日本に戻って下さい。対露班に関して東京で全て練り直しを行います。これは社長命令です」

池畑は少し逡巡《しゅんじゅん》したが社長命令と言われて「了解しました」というしかなかった。

(兎《と》に角《かく》、青山を見つけることだ)

「……」

池畑からの電話を切った後、稲山は様々なことを考えていた。

今は特別に対露班の責任者でもあるが、総合経営企画部長としての仕事もある。

〝革新的総合商社〟〝ネオ総合商社〟を目指し新設された総合経営企画部は、三つの課に分かれている。

永福商事の既存ビジネスをサポート、コラボする形で新たなビジネス展開をミッションとする第一課、その課長が青山仁だ。

そして永福商事にはまだない全く新しいビジネスの構築を目指しながらそこに商社の本来性……それはモノを動かすトレードというもの……を取り戻すことをミッションとする第二課、池畑大樹が課長だ。

第一課、第二課ともに今は課長が特別任務を帯びているが、課のメンバーたちはそれぞれ既存のプロジェクトの為に動いている。

部長の稲山の方針で全員がプロジェクト責任者として動く体制を取っているので、ヘッドがいなくてもちゃんと回るのだ。

そしてもう一つ第三課がある。

課長は稲山が直接ヘッドハントした女性で持田《もちだ》凜《りん》と言う。

数学とコンピュータープログラミングの天才でＭＩＴで最年少博士号を取った後、米国の大学やIT企業から引く手あまただったのが、稲山が出した「好きなことを好きなだけ好きな環境で自由にやって貰って結構」という、日本企業としては例外的な好条件を気に入って、永福商事に入社した。

稲山は凜のことを調べ上げ、この条件なら食いつくと思ってオファーを出したのだ。

凜は対人関係が苦手で沈思黙考する時間を最も大切にする。子供の頃から米国暮らしが長いが京都が好きで、日本での生活を望んでいることから「京都にオフィスを用意する」と条件に加えたことが決め手となった。

だから第三課は京都にある。

稲山はリモートで凜と定例の打ち合わせを行った。

（やっぱりショックを受けている）

稲山は凜の落ち着かない様子から、ロシアのウクライナ侵攻で繊細な心を痛めているのが分かった。

「こんなことが起こるなんて……」

まだ少女の面影が残る凜が画面越しに呟く顔が蒼《あお》い。

稲山は凜も一度会ったことのある仁がウクライナにいることは一切言わずに、凜が進めているプロジェクトの話題に直ぐに入った。

「持田さんから頂いた内容を見て驚きました。これは場合によるとGAFAに匹敵するようなプラットフォームを我々が創ることになるかもしれないと思いました」

その言葉で凜の顔に明るさが点《とも》った。

「稲山部長にそう言って貰えてホッとしました。これで進めていいですね？」

勿論《もちろん》だと稲山は答えてから実際にどれだけのことが可能なのか見てみたいと告げた。

凜はプロジェクトの内容が外部に漏れることを恐れて極力避けようと、スタンドアローンのメインフレームをシステムに使用しネットとは一切繋《つな》いでいない。

「見て頂くには京都まで来て頂くことになりますが？」

稲山は次の週末であれば行けると応えた。

「了解しました。ではお待ちしています」

仁の消息が分かり池畑もポーランドに向かっていることから、心に少し余裕が出来た稲山の判断だった。


「綺麗《きれい》……」

土曜日の朝、稲山は新幹線に乗っていた。

車窓に大きく映る富士山を見ながら思わず呟いた。

どうしてこれほど美しい山が出来るのか？

そしてその山が日本で最も高い山であること……そこにこの国の不思議を思わせる。

「でももし、この美しい山が噴火したら……」

実はそれも総合経営企画部のプロジェクトの一つでもあるのだ。

――想定外を作らない――

稲山は部員に向けての自分の年頭の発言を思い出していた。

「総合商社が様々な最悪場面を想定し、それに対処し最悪を回避するビジネスの枠組みを作っておくこと。様々な分野でそれを今から仕掛けておくことが不可欠だと思っています」

富士山の噴火は、首都直下型地震や南海トラフ巨大地震とともにこの国にとって想定される〝いつ起きても不思議ではない〟最大級の自然災害なのだ。

「想定を本当にしているのか？　様々なシミュレーションはされて死傷者の数や避難民の数は算出されているけれど……それを最小限にする為のプロジェクトはどこにもない」

富士山が遠くなっていく。

「もし江戸時代と同じ規模の噴火が起きたら……降り注ぐ大量の火山灰で首都圏はブラックアウトとなりあらゆるインフラが機能しなくなる。四千万人に及ぶ住民のライフラインが断たれる。今起こってもおかしくないそんな事態への対応計画はどこにもないのがこの国の現実……」

稲山は思う。

「結局、この国の人間は目の前に起きてみないと分からない。動かない。今という現実に縛られてしまい、全く違う最悪の事態を真剣に想定し備えるということが出来ない」

そしてロシアのウクライナ侵攻……今、世界で起きていることにどれだけ日本人が現実味を感じているのか、テレビ画面の出来事に今はショックを受けているが、これも次第に慣れて来た時、日本人はどう動いていくのか……。

想定外を作らないということは日本人には本来難しいことなのだと稲山は思う。

永福商事の総合経営企画部は、この国で起こるであろうあらゆる危機を想定することを横断的に全体のプロジェクトとしている。

その一環で仁はウクライナに渡った。

仁が戻って来た時、生《なま》の戦争のことを聞けることは極めて貴重だと思っている。

だが部下の命を危険に晒《さら》したことは事実で、また派遣した池畑も無事に戻って来るか確かなことは言えない。

「責任は全て上司の自分にある。だが彼らの得て来たものは極めて貴重なものになる筈」

それがどう具体的にプロジェクトやビジネスに結びつくかは分からない。

「それをものに出来るかどうかは部長の私の能力に懸かっている」

そう自分に言い聞かせた。

京都駅に着いた。

凜との約束まで時間があるので稲山は地下鉄で四条《しじょう》駅に向かった。ふと『方丈記』が読みたくなったからだ。

京の都に次から次へと降りかかる災難。自然災害、疫病、飢饉……それをどこまでも冷徹な筆致で記していった鴨長明という人物、稲山は今、長明のような視点と態度を自分が持てるかどうかが大事だと思った。

「？」

地下鉄烏丸《からすま》線四条駅を降りて四条通沿いの書店を目指した……が、見つからない。

（あれ？　この辺りの筈なのに……）

京都に来ると必ず寄るお気に入りの書店が見つからない。

稲山はチェーン店カフェに寄り珈琲《コーヒー》をオーダーして店員に訊ねてみた。

「あぁ、閉店しましたわ」

書店が消えていた。京都で最も賑《にぎ》やかな通りに面していた大型書店が、店を閉めてしまっていた。

なんとも言いようのない暗く重い心持に稲山は苛《さい》まれ同時に思った。

「絶対に成功させないといけない」

それが京都に来た理由だったのだ。

妙心寺《みょうしんじ》の塔頭《たっちゅう》、退蔵院《たいぞういん》。

午後二時、そこで凜は稲山を待っていた。

稲山が土曜の午後到着し、翌日曜の夕方まで滞在すると伝えると「では先ず私のお気に入りの場所で……」と指定して来たのだ。

二人は茶席で抹茶とお菓子を頂いた。

「あなたのプロジェクト、人類に必要なものだと心から感じています」

凜はありがとうございますと先ず言った。

「それがどんなものなのか、その本質の説明にご案内しましょう」

そうして稲山は禅宗の陰陽《いんよう》の庭に連れていかれた。

丹精され考え抜かれた石の配置の庭を見渡しながら凜は言う。

「この空間に宇宙があるように、私のプロジェクトは人類の叡智《えいち》という宇宙を旅するものの」

稲山が訊ねた。

「それがＦＦＱ？」

凜は不敵な笑みを浮かべて言う。

「そうです。叡智界を旅する宇宙船です」

第三章　ＦＦＱ

青山仁とポーランド人コーディネーターのロベルト・カミンスキー、そしてナターリヤ・クレバとマリヤ母娘《おやこ》によるウクライナ戦闘地域からの逃避行は続いていた。

「広い国だよなぁ」

夜明けの美しく輝く光の中で、仁はハンドルを握りながら呟《つぶや》いた。

地図では広大なロシアにへばりついた形で小さく見えるが、日本の一・六倍の面積の国土があるのだ。戦闘地域とそうでない場所では全く様相が違う。

「助かったみたいだな」

美しい田園風景と落ち着いた街並みを何度か過ぎて、それが確信できた。

平和であることの大事さということを、仁は身をもって知ったと思った。

ロベルトもナターリャたちもぐっすり眠っている。そのことが今の状況を物語っている。

電波状況に問題がなくなり、会社と連絡が取れるようになった仁は、新しいメールを受け取っていた。

「池畑が来てくれるのかぁ！」

仁を迎えに同期で戦友のような池畑が来てくれるという。安堵《あんど》の気持ちが強くなる。

「池畑……」

仁は二〇一九年の大晦日《おおみそか》を思い出した。


「もうお終《しま》いだ！　俺《おれ》も、お前も、全《すべ》てお終いなんだよ!!　分かってるのか？」

思いつめた表情で仁に迫って来る池畑。

ＮＦタワー三十六階……広いフロアーには二人しかいない。

「どうする？　今から二人で飛び降りる？　今決めろよ。死ぬ？　死ぬなら俺が先に飛び降りる。直《す》ぐ続けよ」

仁はその自分の言葉を今も覚えている。

仕事上とんでもないしくじりを自分がやって、池畑を巻き込んだ。

二人はその時、死を真剣に考えていた。

池畑は言った。

「入社して十年しか経《た》ってない。それがこんな形で死ななきゃならんのか？　全部お前の所為《せい》だぞ。分かってるんだろうな？」

それを聞いて仁は笑った。

「そうだよ。俺の所為だよ。だけどそれに賛同したのはお前だろ？　運が悪かったと諦《あきら》めるしかないよ。もうお終いなんだろ？　じゃあ、死ぬしかないよ」

そうして仁は火災時の外部への緊急脱出口、別名〝自殺用ハッチ〟のノブを下ろした。

「――」

けたたましく警報音が鳴り響き、開口部から物凄《ものすご》い風が吹き込んでフロアーの机の上の書類という書類を吹き飛ばしていった。

大晦日の風は冷たい。

仁は外に出ようとして身を屈《かが》めた。

(俺は死ぬんだ)

仁がそう思った時、池畑は笑い出して言ったのだ。

「死ぬ直前に何を思い出すかと思ったら……笑えて来たよ。女房や子供の顔じゃなくて、青山、お前のことだ」

それは入社試験の役員面接で同室になった時、仁が語った〝愛の遍歴〟のことだった。

仁も笑った。

「そんなことまだ覚えてたのか？　よりによってこんな時にそれ思い出す？　お前はエリートなのに馬鹿《ばか》だな」

お前にだけは馬鹿と言われたくないと池畑はまた笑った。だが直ぐに切羽詰まった表情に戻った。

その池畑に仁は言った。

「でも本当の馬鹿にエリートの馬鹿が調子こいて賛同したがために、こうやって死ななきゃならない。まぁ池畑……馬鹿同士の心中、悪くないかもしれないよ」

すると池畑は目に涙をためて言ったのだ。

「お前の〝愛の遍歴〟から永福商事に入って、そのお前と心中かよ。俺の人生は一体何だったんだよ！」

仁はその池畑を見詰めて呟いたのだ。

「人生ねぇ。商社マンの人生……」

結局その時、二人は死ぬのを止《よ》したのだった。

「人生ねぇ」

仁はウクライナの穏やかな朝の田園風景を見ながら、「商社マンの人生……」と呟いた。

あれから池畑とは特命班でともに汗をかき、今は総合経営企画部の課長同士だ。

その池畑が仁を迎えにやって来る。

（これで本当の戦友だな）

ウクライナに入ってからの一週間、本当の戦争体験を経て仁はそれまでの自分とは一変したと感じていた。それほど戦争という実存は重い。自分自身のＯＳが新しく変わった。そんな感覚だ。

（良くなったか悪くなったのかは分からない。だが違うものに自分はなったという感覚がずっとある）

砲撃による破壊と多くの死傷者を見た。硝煙と血の匂《にお》いが充満する市街地で自分の死を直ぐそこに感じる恐怖とストレス……。

それらで仁は精神をやられかけた。おかしくなる寸前だった。

（止めようとしても止まらない震え……心の土台が壊れていく震えだった）

そこから救い出してくれたのがナターリャとマリヤの母娘《おやこ》だ。

（二人を救い出すことを考えて……恐怖は消えた）

その二人は後部座席でぐっすり眠っている。

二人と出逢《であ》わず、ずっと自分の恐怖とストレスから逃れられなかったら、仁の精神は強いトラウマを抱えたままだったに違いない。

（情けは人の為《ため》ならず。感謝だよ）

二人の姿に仁は妻の美雪と息子を映していた。

仁は微笑《ほほえ》んだ。

（愛の遍歴が自分を救ったのかな）

就活の役員面接で留年の理由を訊《たず》ねられ「ではわたくしの〝愛の遍歴〟についてお話しいたします」と美雪との同棲《どうせい》生活と妊娠について面白おかしく語ったことだ。

その時、同じ場にいたのが池畑だ。

とんでもないしくじりをやって二人が死のうとした時、池畑が思い出した〝愛の遍歴〟、それが死ぬのを止すきっかけになった。

(そうか、俺はまた〝愛の遍歴〟に救われたわけか！)

ハンドルを握りながら仁は嬉《うれ》しくなっていた。あと百キロほどでポーランドの国境という辺りまで来ている。クルマの周囲に避難しようとする同じような車両も増えた。

(一体どのくらいの人間がウクライナから避難しようとしているんだ？)

仁は侵攻前にアメリカの諜報《ちょうほう》機関が試算していた四百万人という数字を思い出した。

(ウクライナの全人口の一割か……でもこの調子だともっと増えるだろうな)

自分たちが見た東部の都市の酷《ひど》い状況からそう思った。

そうして暫《しばら》く走った時だった。

「？」

前が渋滞している。クルマが止まるとロベルトが目を覚ました。

「ポーランドの直ぐそばまで来ましたね。もう大丈夫です」

ロベルトがネットで調べると、国境をクルマで越えようとしている渋滞は六十キロ近くになっているという。

「ここから丸一日は掛かるかもしれませんね。でももう大丈夫です。大丈夫、大丈夫」

何度も自分に言い聞かせるようにロベルトは言う。

「兎《と》に角《かく》、無事に戻れそうだ。本当に良かったよ」

仁の言葉にロベルトも大きく頷《うなず》いた。


池畑大樹はワルシャワからウクライナの国境に近い街、メディカまで来ていた。

「電波の状況が悪いな」

仁からは「ポーランド国境付近まで来ているが渋滞につかまっている」と連絡が来てから返信がない。

「まぁ、直ぐそこまで来ているんだ。もう大丈夫だろう」

池畑はそう思って周囲を改めて見回した。

「物凄い数の避難民が来ている。これを全部ポーランドは受け入れるのか?」

各所に受け入れのボランティア組織が活動し、炊き出しや生活物資の配給を行っているのを見て感心した。

「日本でこんな風に隣の国から難民を受け入れるなど想像出来ないな」

改めて自分の国のあり方を思った。

池畑はメディカにいる間にポーランドの難民受け入れのシステムやオペレーションについて見て回った。

「想定外を作らない」

その総合経営企画部のモットーを常に実践しようと今ここで起こっていること、やっていることを吸収しようと大事な時間を使った。

知れば知るほどポーランドという国が立派だと思う。

「国の受け入れ施設が出来るまで一般家庭が難民を受け入れている。大したもんだ」

そんなあり方に第二次世界大戦でポーランドが経験した悲惨な歴史というものがあることを池畑は強く感じた。

ナチスドイツによる占領やソ連時代の様々な苦難の歴史、そこから培われた弱い隣人たちを助けるという精神と行動……。

「日本の近隣国で同じことが起きたらどうするのか？　その時に日本人はどんな態度と行動を取るのか？」

池畑は自問した。

「少なくともポーランドのようにはなれないし出来ないだろうな。だが考えておかなくてはならない筈《はず》だ」

そう思った時、メールが入って来た。

京都、妙心寺の塔頭《たっちゅう》、退蔵院を後にした稲山綾子と持田凜は、タクシーで三条通を東に向かっていた。

◇

山科《やましな》にある理化学研究院のデータセンター、その一角に永福商事総合経営企画部第三課があるのだ。

「実は今日、――」

稲山は四条通にあった大型書店がなくなっていたことに驚いたという話をした。

凜もなんとも言えない表情で「日本中から書店が消えていますからね」と言う。

「持田さんから初めてプロジェクトの話を聞いた時、何を言い出すのかと思ったけれど……本を巡る世界の状況を見ていると、今のそしてこれからの、人類が迎える深刻な状況がハッキリ見えて来るように思えます」

その通りですねと凜は頷いてから訊ねた。

「稲山部長の子供の頃《ころ》の愛読書は何でした?」

少し明るい顔になって稲山は『赤毛のアン』だと答えた。

「私は『シートン動物記』でした。あれで世界の見方を教わった気がします」

稲山も凛も子供の頃から海外生活が長い。

ともに他の国で日本人としてのアイデンティティーに悩んだ経験があり、その時に救いになったのが読書だったと言い合った。

「読書は本当に素晴らしい。想像力が無限に掻《か》き立てられる。深い海の底にも宇宙の果てにも行くことが出来る。偉人にも犯罪者にもなれる。そして知恵や知識、叡智《えいち》までの獲得……道具という点で本という存在は、人類の脳の発達に最も貢献したものということは異論はないと思います」

稲山はそう言ってから「それが今、物凄いスピードで無くなろうとしている」と溜息《ためいき》まじりに言った。

「以前、ゆとり教育というものがあって……」

稲山は続けた。

「詰込みではない教育のあり方を模索するとしての〝ゆとり教育〟。それで子供たちは〝我慢して〟何かを学ぶという姿勢を得ることが出来なくなっていきました。小説というものは最初から面白いものなど少ない。退屈なところを我慢して読み進むうち、いつの間にか物語に入り込んでいて面白くなっている。ですが〝ゆとり教育〟はそんな〝我慢する〟機会を奪ったんです。それで長い文章を読む訓練を積めなくて読書が出来ない若者が大勢生まれてしまった」

凜は納得の表情でそれを聞いてから言った。

「そしてスマートフォンの登場が本離れを決定づける」

稲山はその言葉に頷いて声を落とした。

「今やそのスマホで文字を読む若者は殆《ほとん》どいない。ゲームか動画、その動画すら早送りして観《み》る時代になっている。こうなると……人間の脳はどうなっていくのか？　恐ろしいのは言葉もまだ出来ない幼子にタブレット端末の幼児向けアプリで遊ばせている親が多いという事実。幼い子供の脳の成長の為に必要な集中力が画面上を動くキャラクターに長時間注がれている。そんな子供がちゃんと言語や文字を理解し正常に知能を発達させられるのでしょうか？」

それを聞いた凜が「極めて楽観的に、そして進化や進歩が人類の幸福に資するとして……」と前置きしてから続けた。

「ディスレクシア（読字障碍《しょうがい》）の人たち。文字や文章を理解出来ない、或《ある》いはしづらい人たちの中から天才が現れるのも歴史的な事実です。レオナルド・ダ・ヴィンチやエジソン、そしてアインシュタインはディスレクシアだということ……。脳の発達は経路によって無限の可能性を持っている。そんな意味で私の課のメンバーに迎えた天才、嶋千尋《しまちひろ》さんの存在は巨大な可能性だと思っています」

稲山も頷いた。

嶋は二十五歳の男性プログラマー、生まれながら耳が聞こえず、凛たちとの会話は手話になる。その為に稲山も手話を習得中でかなり出来るようになっていた。

稲山は初めて嶋に会った時、その聡明《そうめい》さに驚いた。

「嶋さんのプログラミングの発想は誰《だれ》も真似《まね》の出来ないものなんです。それは言葉の代わりに手話を使うことで、発達した脳のあり方が大きいと思います。そして物凄い読書量、彼の集中力は並外れています」

やはりそこに読書があると聞いて稲山は嬉しかった。

「そして……どんな形で思考をしているのかということで興味深いのがあの若手天才棋士です」

将棋のタイトル獲得の最年少記録を次々と書き換えている棋士のことを凛は話し始めた。

「棋士は通常、盤上の読みを脳内で駒《こま》を動かす映像で行っているといいます。トップ棋士となると二十手以上、最高だと二十二手先まで読むことが出来ると」

稲山は凛の話に引き込まれた。

「ですがあの天才棋士は盤上の駒の映像ではなく棋譜で読みを進めているというんです。
▲７六歩　△３四歩　▲６八玉　△３二金　というように……彼は子供の頃からの詰将棋の訓練でそういう思考になっているらしいんです。今も彼は詰将棋のチャンピオンです」
アッと稲山は気がついた。

「すると彼は通常の映像による読みよりもさらに深く読めている可能性があるということですか？　二十三手、二十四手先まで……」

凜は頷く。

「確実なところまで棋譜で詰めて……ある深度以上ではファジーな、感覚の思考をしているとは思いますが、そこでも棋譜が目に浮かんでいるのだと想像します。そのレベルでの一手差は数億通り、いやそれを遥《はる》かにしのぐパターンの中の最善手までを考えていることになりますから、途轍《とてつ》もない力の差になるということですね」

頭を振りながら稲山は「人間って凄い！」と呟いた。

だがその人間を単なる情報の結節点にしてしまい、思考や思想、想像力や判断力を物凄い勢いで低下させているのがスマートフォンという道具だと二人は認識している。

読書によって脳を鍛えないとどうなるか？

ディスレクシアであっても天才は生まれる。だが読書をしなくなった人類が大多数となる世界がどんなネガティブなものになるかは想像に難くない。

「今ここから人類に〝本に、読書に戻ろう〟と言っても効果は無いでしょうね。スマホから得られる面白さ、快さ、便利さ、安価さ……。ましてや長い文章を読む訓練を受けていない人々にとって読書など石器時代の遺物になってしまっている」

稲山はそう言ってから在英中の高校生の時、大英博物館を初めて訪れた時の思い出を語った。

「当時、博物館に入って直ぐ左側は図書室のようでした。膨大な数の書籍が壁一杯に並べられていて……モーツァルトやベートーヴェン直筆の楽譜やジョン・レノンが歌詞をメモ書きしたものなどが陳列されていました」

　そして稲山は一呼吸置いてから沈鬱《ちんうつ》な面持ちで続けた。

「当時、湾岸戦争が起こっていました。私は膨大な書籍の群れを眺めながら思ったんです。『これほどの叡智がありながら、何故《なぜ》人間は愚かな争いを続けるのか？』と……、それは今のロシアのウクライナ侵攻でも同じです。抗《あらが》いようがないのかもしれない。しかし本という人類の叡智が生み出したもの……それは確かにデジタル情報として残るでしょうが、このままでは死んでいるのと同じです」

　そこで稲山は凜の顔を見た。

「あなたのプロジェクトを聞いた時、本当にこれしかないと思いました。人類の叡智を継承する方法はこれしか……」

　凜は微笑んで言う。

「それを分かって下さる稲山部長がいたからです。それに感謝しています」

　ありがとうと稲山は言った。

「あなたがこのプロジェクトの話を初めてしてくれたときのことが忘れられません」

稲山は続けた。

「『この世で殆ど誰も全部読んだことがないのに、ベストセラーである本は何だと思います?』とあなたは訊《き》いた」

あぁと凜は頷いた。

「まさにあの疑問がこのプロジェクトを始めようと思ったきっかけだったんです」

稲山は微笑んだ。

「答えは簡単に出る。それは聖書だと。でも大事なポイントは聖書がどう使われているかということ。それがあなたの着眼点の凄いところですよ」

ありがとうございますと凜は頭を下げた。

そうしてタクシーは、山科の理化学研究院の建物に着いた。


「ここに全てのデジタル化された地球上の書物のデータが集められています」

凜がそう言って大型コンピューターを指さした。

「まさに人類の叡智を集めたものです。しかし、これを使わなければ宝の持ち腐れということ……」

そして凜は稲山にレジュメを差し出した。

「ここにエッセンスをまとめました」

稲山も凜もこのプロジェクトが成功すれば、ＧＡＦＡに匹敵するプラットフォームが日本発で生まれると確信している。

稲山は表紙の文字を見た。

Frame Focus Quote（アーカイブを利用した知の活性化手段）について記されている。

「ＦＦＱ……フレーム（切り口）、フォーカス（焦点）、クオート（引用）……これが人類の叡智を未来永劫《えいごう》継承出来るプラットフォームになる」

凜は頷いた。

稲山はロシアのウクライナ侵攻で暗くなっていた心に日が差して来るのを感じた。

◇

稲山はレジュメに目を通してから持田凜に訊ねた。

「我々人間の心の流れや心の裡《うち》を網羅したものになるわけですね？　それを整理したものだと……」

凜はその通りですと答えた。

「我々がやろうとしているのはこの世のあらゆる書物からの引用です。検索ではなく引用。教会で牧師が聖書から引用するように人が様々なシーンで必要とする、必要とすべき最適の文章を世界中の書物の中から引用して来るということなんです」

その為に開発したプログラムのアルゴリズムについて数学的な説明を凜はしたが、稲山はついていけなかった。

ただレジュメのフレームやフォーカス、ドロワーが全て数式や図形に置き換えられアルゴリズムによってフィードバックされることで人類の叡智の結集にアプローチ出来ることは理解した。

凜が話し終えると稲山は言った。

「論より証拠、今の世界が必要とする引用が知りたいですね」

そうして凜は端末を操作しながら言った。

「新たな戦争によって世界のパラダイムが変わろうとする今、何が引用されてくるか……」

キーワードとして〝戦争〟〝ロシア〟〝ウクライナ〟〝二十一世紀〟〝パラダイム〟〝終結〟そして〝世界〟を入れた。

すると直ぐにその文章は現れた。

「?」

戯曲のようだ。

《メフィスト》

いやぁ、汗をかいたぜ。こんな山の頂上にこうして立っているとは……一体全体どういうことだ。なんだか恐ろしい岩が口をあけているぞ。あぁ見覚えがある。ここではなく……地獄の底で見たものだ。

《ファウスト》

また始まったか……いつもの与太話《よたばなし》が……

《メフィスト》

何故だか分からんが、主が我々を天から地の底へ追放していたようだ。永劫の炎が眩《まぶ》しい！　身をすくませ体を寄せ合った。そのうえ咳《せき》が出始めた。その咳が止まらなかった。地獄と来たら硫黄と硫酸が立ち昇っていてガスまで溜《た》まっていやがる。地面の平面と厚みのあるところが二つに裂けて天地逆転していた。それには地殻変動説を言い立てる奴《やつ》までいたがね。まぁ、そのお陰で悪魔一同、熱い窮屈な穴から出られたって訳だ。大手を振って外の空気が吸える。おっと、これは秘密だぞ……まぁ公になることはないがね。

《ファウスト》

雄々《おお》しき山の眺めは例えようもない。あれこれ裏を考えるのは止そうじゃないか。自然は本当はまん丸く作るつもりでいたんじゃないかな。ところが峰や谷が面白くなって積み上げたり重ねたり丘を引き伸ばし谷にすべり込ませたりする。そうするうちに草木が茂って来た。すると派手な噴火などどうでもよくなったんじゃないのか。

《メフィスト》

分かったような口をきかれるが、現場の者は知っている。こっちは生き証人だからね。地の底が膨れ上がり炎の河が流れていたんだ。牛の頭を持つ神モロクがハンマーを打ち込むと岩がそこここに跳ね飛んだ。今もあちこちに巨石があるだろ。誰があんなものを運んで来たと思う？　学者でも答えられないだろ？　それを名もない民衆だけがよく分かっている。堅く信じている。悪魔だよ。悪魔だけに出来る不思議なんだよ。だから巡礼がやって来る。信仰の杖《つえ》をついて悪魔石や悪魔の架け橋を見て回るんだ。

《ファウスト》

悪魔の自然観ってやつか？　これはこれで面白い！

《メフィスト》

自然観など観念とは関係ないね。あるがままということだ。大事なのは悪魔が手伝ったということ。悪魔は大きなことをやってのける。大騒ぎや力ずくや馬鹿なこと……何だってお手のものさ。まぁ、それはそれとして、どう？　地上は気に入ったかい？　ここまで随分いろんなものを見て来たじゃないか。賑《にぎ》やかなところや、華やいだ世界を見て来た。人と食い物屋でごった返した大きな街を……人間も蟻《あり》のように右往左往していて、その中へ馬車を乗り入れようと、馬で走り込もうと、いつも悪魔が中心だ。引く手あまたということなんだよ。

それはゲーテ『ファウスト』からの引用だった。

稲山と凜は顔を見合わせた。

「な、何故この文章が引用されるの？」

稲山の質問に凜は暫く考えシステムをチェックしてから答えた。

「これが……今の世界の状況を理解する上でＦＦＱが最適だとする文章に間違いないです」

分からないと稲山は呟いた。汗が額に滲《にじ》んでいる。

だが改めて引用を読んでみて思った。

「現状を善悪で考えても仕方がないということ？　そして悪魔を使わないとこの戦争を終わらせることは出来ないということ？」

その言葉で凜はハッとなった。

「もしそれで戦争を終わらせることが出来ないと、世界が終わるのかもしれません」

稲山はゆっくりと頷いた。

◇

ポーランド、ウクライナと国境を接する街、メディカ。

多くの避難民受け入れの玄関となっているその街に入って三日目、池畑大樹のもとに青山仁から今日中に到着出来そうだと連絡が入った。

「良かった……」

国境まで行くと物凄いクルマの列だ。

訊くと六十キロは続いているという。

ウクライナ側での出国審査やポーランド側での入国の手続きで時間は掛かる。

「でも、ここまで来ているなら大丈夫だ」

池畑はメディカに来てから避難民の世話をしている多くの人間と言葉を交わし、それぞれのバックグラウンドを聞いてヨーロッパ社会の多様なこと複雑なことを改めて知った。

難民の受け入れ先の手配をボランティアとしてやっている男性、ユーリイは父親がロシア人で母親がウクライナ人、自身はポーランドでIT関係の仕事をしている。父親はロシアに暮らし母親はキーウにいる。

「父は完全にプロパガンダに染まっていて、今行われているのは軍事作戦で軍事施設だけを攻撃していると言い張っています。母が近くのアパートがミサイルで破壊されたと言っても信じません。それどころか『お前たちは騙《だま》されている』の一点張りです。家族が真っ二つに割れているんです」

元々、両親はお互いの文化や慣習を尊重して愛し合う人間だったのに、侵攻以降は完全に敵同士になってしまったという。

「母は頑《かたく》なにキーウから避難しようとはしません。『銃を持って戦う』と言っています」

ユーリイはそんな両親の間に挟まれながら、自らの〝戦い〟を避難民支援のボランティアを行うことで示しているのだと言う。

ロシア人とウクライナ人、同じスラブ民族なのに国と国との人間関係は難しいことを池畑はここに来て知った。

そしてふとこれを日本に置き換えて想像してみた。

「東京と大阪で戦争になったらどうなる？」

自分と妻の真由美が敵同士に分かれることを頭に浮かべてみた。

「こらぁ！　おどれ関西弁しゃべってみぃ！　ちゃんと喋《しゃべ》られへんかったらスパイやッ！」

「馬鹿野郎ッ！　誰がそんな言葉喋るかッ！」

想像するとコントのようで笑えて来るが、東欧の地では悲劇として現実に起こっているのだ。

池畑は商社マンとして世界中を飛び回って来たが、本当の世界の広さ深さというものの幅や底は知れないと改めて思った。

「日本は島国だと思う。本当に何も知らない。島国根性を知らない間に身に付けてしまうのが分かる」

だが国と国との対立はそんな〝島国根性〟から来ているとも言える。

狭い同胞意識の中の感情の動き……日本人から見れば見分けがつかないロシア人とウクライナ人、聞き分けが出来ないロシア語とウクライナ語、殆ど違いが分からないロシア料理とウクライナ料理……。

「他の者からは分からないような微妙な文化の差に大きな心理的溝が出来る。それが戦争までを引き起こしてしまう」

微妙な違いに差別意識が生まれ、それが憎しみや怒りを生み出し、争い殺し合うことに発展していく。

「人は生まれた時代や環境で人生の大半が決められてしまう。民族と民族、国と国の争いをこうして見せつけられるとそれを納得せざるを得なくなる」

池畑は今も哲学や社会学の本が好きで読んでいるが、その中のピエール・ブルデューの『ディスタンクシオン』のことを考えていた。

フランス社会学の代表作の一つとされるその内容は、核兵器のような威力を持っている。

生まれた環境でその人間の生涯所得だけでなく趣味嗜好《しこう》までもが決められているという事実。決定論中の決定論のような書物なのだ。

池畑は最初読んだ時反発を覚えたが、客観的に自分を含めた多くの人間、そしてネットで情報を得ることが出来る古今東西の有名人の生い立ちを調べてみるとそれが間違いではないことが分かって来る。

「今の五十代以下の年齢の欧米の映画スター、俳優は皆裕福な家庭の出身者ばかり。第二次大戦直後には貧しい生まれからスターになった者も多くいるが今は皆無。皆子供の頃から演劇エリートとして育ち、ちゃんとした演劇教育を受けた者ばかり……」

環境が人生を決める。

するとこのウクライナの人たち、特に子供たちにとってこれからの人生がどうなるのか？

「激変どころではない環境の変化。大半のウクライナ人は戦争など起こらないと思っていた。それがあれよあれよという間に地獄に突き落とされた。そんな人々、そしてこんな環境に置かれた子供たち……避難民として生きる環境が一体子供たちにどんな人生をもたらすのか」

そう思った時、新たなメールが入って来た。

「‼」

池畑は国境の検問所まで走った。
そうしてポーランド国境を越えて検問を通過したクルマの列を凝視していた。
遠くから声が聞こえた。
様々な声がする中に日本語の響きを日本人の耳はちゃんと聞き分ける。
「おーいッ！　池畑ぁ～！」
紛れもなく仁の声だった。
泥まみれのセダンのドアを開けて降りて来た。
その仁は……池畑の想像よりもずっと痩《や》せていた。
（……とんでもない体験をしたんだな）
そう思いながら近づき抱き合った。
ひと月そこそこぶりなのに何十年ぶりの再会のようだ。
「生きててくれて本当に良かった！　万一のことがあれば会社がひっくり返ってたぞ」
仁は笑った。
「簡単には死なないよ。よく迎えに来てくれたな。礼を言うよ」
そう言って微笑む仁の顔には、心からの安堵が浮かんでいた。
（同期っていいもんだな）
仁は池畑の顔を見てそう強く思った。

「本当に戦争になるとは思わなかったよ。会社では格好の良いこと言ったけどさ……」

なんだ意外と素直だなと池畑が言うと仁は頷いた。

「もうこりごりだ。戦争なんて……」

それは真の体験をした人間の言葉だった。

池畑はその仁に言う。

「全て話してくれ。お前が見た全てを。俺に吐き出して気持ちを楽にしてくれ。大変なものを見たのは察しがつく。家族にも話せないものを見たと思う。だが全て隠さず何もかも俺には話してくれ。簡単には色んな思いは消えないだろうが……話せば楽になる。だから青山、同期の俺には全て話すんだぞ」

お前良い奴だなと、仁は呟いた。

「ちゃんと話すよ。それなりにタフな俺も流石《さすが》に心をやられそうになったからな」

あぁ正直に話してくれと池畑が返すと、仁が「まず紹介するよ。お前にも助けて貰《もら》わないといけないないから……」と言う。

エッと池畑が横を見ると三人が立っていた。

「日本へ連れて行く?!」

池畑は紹介されたウクライナ人母娘、ナターリャ・クレバとマリヤを仁が避難民として日本に連れて帰ると聞いて驚いた。

仁は池畑の驚きに「当然だよな」と言いながら難しい顔つきになった。

「日本は難民受け入れを基本的に行わない事実上鎖国の国だもんな。でも……何とかしたいんだよ。俺は母娘がいてくれたから正気を保てたようなもんなんだ。命の恩人と言ってもいい。だから何とかしたいんだ」

池畑はじっとその仁を見詰めながら言った。

「いけると思うよ」

ヘッと拍子抜けしたような顔を仁はした。

「青山、日本は本当に情緒で動いている国だ。お前はこっちにいたから知らないだろうが、今日本では国や地方自治体、それに企業を挙げてウクライナ難民救済の大合唱なんだよ」

仁は頭を振った。

「なんで？　なんでそんなことになってるんだ？」

なんとも言えない表情になりながら池畑は、日本人のコンプレックスの裏返しだと答えた。

「金髪碧眼《へきがん》の可愛《かわい》い子供たちが殺されたり傷ついたりしているのや、綺麗な女性が泣き叫んでいるのを見て似非《えせ》欧米人意識がくすぐられているんだ。お前の言う通りアフガニスタンやシリア、ミャンマーで同じことが起きてたのに知らん顔で実質鎖国政策を取り続けて来た国とは思えないよ。まぁ、だからと言って何万人も受け容《い》れるとは考えられんが……ナターリャ母娘はきっとなんとか出来るよ」

　パッと仁の顔が明るくなった。

　そして都合の良いことにと池畑は付け加えた。

「来週、日本の外務大臣がポーランドに来る。その時の政府専用機に難民を乗せて日本に連れ帰るパフォーマンスをすることになっている。そこに母娘を乗せて貰えるようにしよう。大学の時のクラブの後輩が外務省の欧州局にいる。働きかけるよ」

　仁は破顔一笑した。

「渡りに船とはこのことだな！」

　池畑も笑った。

　その時ポーランドの空は、どこまでも青く晴れていた。

◇

　青山仁と池畑大樹が日本に戻って一週間が経った日の夜、総合経営企画部の主だったメンバーが赤坂の料亭の一室に集まった。

　仁と池畑、そして部長の稲山綾子だった。

「ここは確か歴代の総理大臣も利用する店ですよね？」

池畑が訊ねると稲山が頷いた。

「部屋と部屋が工夫されていて別の客同士が顔を合わせることがないように出来ています。だから内密な会合に使いやすいんですよ」

仁は嬉しそうに「ここの鯛《たい》茶漬けが食べたかったんですよぉ」と言う。旺盛《おうせい》な食欲で日本に戻って直ぐに元の小太りに戻っている。

その仁が席がもう一人分用意してあることを稲山に訊ねた。

「予定があって後からいらっしゃいます。先に始めておいて欲しいとのことです」

どなたが来られるんですかと仁が訊ねると、池畑が〝対露班〟の特別顧問だよと言う。

「タイロハン？」

池畑が説明した。

「日本の総合商社が戦争を終わらせるぅ?!」

仁は思わず声に出した。

「詳しい話は顧問がいらしてからにして……先ずは青山課長の無事の帰国を祝って乾杯しましょう」

稲山が仁と池畑にビールを注《つ》いだ。

乾杯の後、稲山は先付けを摘まみながら、政府が用意したホテルに一時滞在中のナターリャ母娘の近況を仁に訊ねた。

母娘の身元引受は永福商事が行い、責任者には稲山がなってくれていた。

「住居として僕の自宅の最寄《もよ》り駅から二駅先にある公団の２ＬＤＫを一年間、無料で借りられることになりました。身障者向けにバリアフリー設備の整った部屋です。これほど地方自治体がウクライナ難民受け入れに協力的とは本当に驚きです」

その仁に稲山はさらに嬉しい話をする。

「ナターリャをウチで⁈」

雇用すると言うのだ。

「ここから〝対露班〟を動かす上でウクライナ語とロシア語、そして英語を高いインテリジェンスで使える人材は貴重ですから……」

ナターリャがウクライナの大学でロシア文学の講師をしていたことが効いていた。永福商事は本社内に託児施設を持っている。マリヤはそこで母親の仕事中は世話をして貰える。

仁は何度も礼を言った。

「これぐらい青山課長が無事に戻って来てくれたことと比べれば何でもないですよ」

仁はホッとした。ずっと母娘の日本でのことを考えて頭を悩ませていたからだ。

それは妻の美雪とも相談していた。

「あなたが経験した戦争という実存。そこに生まれた避難民救済に積極的に参加することはまさにサルトルが提唱するアンガージュマン（社会参加）だからね。喜んで協力する」

いつもの美雪だなぁと思いながらも嬉しく頼もしく有難かった。母娘の公団への入居手続きなども全部美雪がやってくれていた。

その上永福商事が全面的に仕事を世話してくれることになれば心強い。

笑顔の仁のもとに料理が運ばれてきた。

「美味《おい》しいなぁ」

仁は嬉しくて仕方ない。

そうして河豚《ふぐ》の竜田揚げやメインの牛ヒレの網焼きを食べ終えたところで「おまたせしました」と襖《ふすま》をあけて入って来た人物を見て仁は驚いた。

「く、来栖……し、社長！」

稲山と池畑がさっと頭を下げてから前社長の来栖に仁を紹介した。すると来栖は直ぐ自分から挨拶《あいさつ》する。

「特別顧問を務めることになりました来栖です。宜《よろ》しくお願いします」

仁はその腰の低さに驚いた。

来栖が皆の膳《ぜん》の様子を見て笑顔になった。

「あ、鯛茶漬けがまだですね？　僕はそれを楽しみに来たんですよ。良かった！」

気さくな態度に仁はまた驚く。

（永福のレジェンド、ミスターカミカゼ、来栖和朗……こんな人だったのか！）

そうして全員が鯛茶漬けを食べて満足してから稲山が本題に入った。

「和久井社長直轄プロジェクトであり総合経営企画部のスピンオフとして活動することになる『対露班』……目的はウクライナで起こっている戦争を終わらせること。その為に我々が使えるあらゆる情報力、組織力を利用することになります。来栖顧問は旧ソ連時代からロシアとの交渉を様々な形で行われ、日本の経済界の中でロシアに関しては最も深い知見と人脈をお持ちの方です」

来栖は少し照れた様子で微笑んだ。

日本の総合商社がロシアに持つ原油・天然ガスの巨大利権、その獲得の為に九〇年代に活躍したのが若き日の来栖であり、その後もロシアと日本のビジネス関係のあり方に深く関与して来たと言われている。

その来栖が言った。

「先ず申し上げておかなくてはならないのは、戦争が起きているということです。今の日本で実際の戦争を体験した人間は八十代の後半以上の高齢者だけ。現役労働世代には誰も戦争を体験した者はいない。その意味で青山課長が体験されたことは極めて貴重です」

そう言って仁を見た。

仁はぺこりと頭を下げた。

来栖は続ける。

「稲山部長から聞きましたが〝想定外を作らない〟として、状況の中から実地で学ぼうとした青山課長の考えと行動は称賛に値します。よくやられましたね。大変な体験をされたと拝察します。永福の誇りですよ」

照れた顔を仁は見せた。

「格好をつけただけです。口にしてしまったので引くに引けなかったこともあります。でも……とんでもないものを見ました。そして触れ、感じて来ました。この腕に自分の息子と同じくらいの年齢の少年の……死体を抱いた時の感触は忘れません」

皆が押し黙った。

仁は続ける。

「戦争という強烈な実存。あぁ、〝実存〟は哲学好きの女房がしょっちゅう使う言葉で癖のようになっているのでご承知おき下さい。その実存の前では何もかも為《な》す術《すべ》がないように感じました。ロシアの大統領が言う『力こそ真実』が体現されている。でも……」

一呼吸置いてから厳然と言った。

「間違っています！　戦争は間違いです！　実際に自分がその中にいて分かりました。絶対にやってはいけない。何故なら……途轍もない憎悪のエネルギーを戦争の中にいる人間が生んでしまうからです。人間を人間でなくしてしまう。敵と味方で殺し合うとはどういうことか……それが実際に戦場となる場に行って分かったんです」

仁はマリヤにカラシニコフの銃口を向けられたことを思い出した。そのマリヤが今、平和な日本でアニメを存分に楽しんでいる。

じっと聞いていた来栖が言った。

「青山課長の思いを実現すること。それが対露班のミッションです。聞くところによると青山課長は大変な状況にあったウクライナ人母娘を連れてウクライナを横断して、日本に避難させた。自分の命も危ない状況下で他者を救うという行動に出られた。これが何よりも称賛に値する」

それには仁が反論した。

「いえ、私はあの母娘に助けられたんです。救うことで救われた。そうでなければ私は恐らく精神をやられてしまっていたと思います。戦争の中での死への恐怖とストレスは想像を絶するものだったんです」

来栖は頷いた。

「そうですね……想像は出来ますが、実存として体験した者でないとそれは分からないと思います。本当に大変でしたね」

仁はまたぺこりと頭を下げた。

そこで池畑が改めてお訊ねしますがと来栖を見て言った。

「来栖顧問は現実に何が出来るとお考えなのでしょうか？　我々総合商社が戦争を終わらせる為に。日本は憲法上他国の戦争に軍事的には関与出来ない。第三国を経由して秘密裏にウクライナに武器を送ることなど言語道断だと思いますし……」

来栖は頷いてから答えた。

「総合商社とは何か？　今この状況で、まさに世界のパラダイムが変わろうとする状況で何が出来るか？　戦争を終わらせるために何を以《もっ》て活動できるか？　先ず考えなくてはならないのは、我々はビジネスマンだということ。それ以上でもそれ以下でもない」

皆はその来栖の顔をじっと見た。

「ただ我々はビジネスの本来的な意味、その本質を多面的に考えてみる必要があります」

来栖は言う。

「ビジネスに関《かか》わる……何にどのように関わるか？　その役割意識、それこそがビジネスマンの存在を示します。ヒト・モノ・カネの回転を考え、その総合を拡大することがビジネスの普遍的な意味です。そこにはバランスが絶対に必要だということ。ヒト・モノ・カネのバランス……そこに役割の存在意義がある。ビジネスにたずさわる者の共存共栄、今風にいうとウィンウィン関係の構築。そしてヒト・モノ・カネをイコールで結ぶ行動……」

そこにいる全員が来栖のビジネス哲学に実際に触れた瞬間だった。

「私にそれを教えてくれたのは玄葉琢磨という怪物でした。彼がいたからこそ日本の総合商社は、今の収益源である天然資源利権を世界各国から獲得出来た。しかしそこには闇《やみ》があった。歴史の闇が……」

第四章　一九三九年夏

昭和十四（一九三九）年、東京市・三宅坂上《みやけざか》……宮城と議事堂の間に厳然と聳《そび》える白亜の殿堂、三階建てに緑青の銅屋根が聳え……多くの屋根窓が仰ぎ見る者たちを睥睨《へいげい》する。

大本営陸軍部、陸軍参謀《さんぼう》本部の建物だ。

二年前に勃発《ぼっぱつ》した日中戦争以降、日本は戦時体制となり建物に詰める陸軍幹部たちは忙しく任務に当たっていた。

中でも参謀本部第一部第二課は、作戦と戦争指導を担当する俊英中の俊英が集まっている。そこは統帥権《とうすいけん》独立という聖域に守られた参謀本部のさらに奥の院ともいえた。

奥の院の作戦テーブル上に大きく広げられた軍用地図を見る幹部から溜息《ためいき》が漏れる。

「戦線は伸びに伸びている」

ここまでは連戦連勝とされる日中戦争だが、懸念は高まっていた。

「広大な中国大陸に既に二十四個師団を超える兵力をばら撒《ま》いてしまった。その数は五十万……」

地図上方にある満州、そして下方の朝鮮にも十一個師団を置いている現状は補充が不可能なところまで来ている。

あらゆる産業を軍需動員させ、高まる一方だった国民総生産がピークアウトしているのが企画院の資料から分かる。

「嫌な状況の上に……これか」

傀儡《かいらい》国家である満州国がソ連・モンゴルと対峙《たいじ》する東、北、西の国境線四千キロ……そこに極東ソ連軍の脅威が日増しに高まる一方なのだ。

「これに奴《やつ》らがどう対処するのか……」

天皇直轄の陸軍参謀本部には、獅子《しし》身中の虫がいる。それが「奴ら」……、関東軍だ。


ロシア革命干渉戦としてのシベリア出兵の後の大正八（一九一九）年、関東都督府陸軍部が独立して関東軍司令部となり派遣師団と独立守備隊を指揮していた。

日清日露《にっしんにちろ》戦争以降、支配地域を拡大させ、国威増強を続ける日本が昭和に入り更なる強国を目指す上で喫緊の課題となっていたのが、天然資源の豊富な中国東北部、満州・蒙古《もうこ》（モンゴル）での権益の獲得だった。

欧米列強との衝突を避けつつ、どう権益を確保するか？

昭和になって中国内部の動きも激しくなり、蔣介石《しょうかいせき》率いる国民政府軍の北上が迫る中、政治家も軍部も戦略を描き切れず膠着《こうちゃく》が続いている時だった。

一人の天才軍略家が謀略によってそんな状況の打破に出た。

関東軍作戦主任参謀であった石原莞爾、日本陸軍史上最高の頭脳の持主とされる男が謀略を立案・実行した。それが満州事変だ。

昭和六（一九三一）年九月十八日の柳条湖《りゅうじょうこ》事件を発端に戦闘が開始される。

石原は自身が考える世界最終戦争に向けての長期的戦略から、今ここで満蒙の権益を押さえておかねば機会を逸すると判断した。

「軍紀違反は勿論《もちろん》、統帥権干犯《かんぱん》も承知。軍事法廷で死刑となるもやむなし。だが……今やれば必ず成功する！」

緒戦を成功裡《せいこうり》に開いた関東軍は政府の不拡大方針を無視して進撃を続行、翌年一月までに東三省を占領、三月一日には満州国建国を宣言する。

石原はここに中国の理想郷を創ろうとしていた。

「五族【日・漢・満・蒙・朝】協和による自由で統一ある国家。王道楽土をここに目指す」

日本政府はなし崩しに満州国を承認、関東軍は熱河《ねっか》省をも併合し、蔣介石の国民政府はそれを既成事実として黙認するに至った。

国際連盟は調査団を派遣した結果、日本の謀略を認定、撤兵を要求したが日本は拒否、国際連盟から脱退する。

石原は東京の参謀本部に翌年栄転となった。

石原が去った後、満州国は関東軍や日本からの官僚、財閥に支配され植民地と化していく。それを知って石原は激怒する。

「俺《おれ》はアジアと中国の理想の為《ため》にことを成したのだ‼　それを強欲亡者どもが滅茶苦茶《めちゃくちゃ》にしやがって‼」

そんな石原は対ソ戦争を想定して中国と協力関係を築くことを第一義としていた。だが意に反して日中戦争が始まり、参謀本部の対中主戦派に疎まれた石原は左遷の形で再び関東軍に送られたが、病気を口実にして勝手に帰国、今は舞鶴《まいづる》の司令官となっている。

その石原を尊敬し私淑《ししゅく》していたのが関東軍参謀の一人、宮崎二朗《みやざきじろう》少佐だった。

「満州事変から日中戦争となって石原さんのように対ソ戦の重要性を説く人がいなくなる中、極東ソ連軍は軍備増強を急速に成し遂げた。今、ソ連と同盟国モンゴルとの国境線を挟んで日本軍は十一個師団、対してソ連軍は三十個師団、日本軍の戦車二百輛《りょう》に対してソ連軍二千二百輛、飛行機は五百六十機対二千五百機……対中戦を拡大しながらのこの状況。昨日、駐ソビエト日本大使館付武官の土井明夫《どいあきお》大佐が東京へ戻られる途中にこちらに寄られ、シベリア鉄道の車窓から見た光景を報告された。大砲八十門を中心に戦車、機甲部隊が少なくとも二個師団、東に送られているというのだ。もし今、ソ連が攻め込んで来たらと思うと背筋が凍りつく」

宮崎の言葉を聞いて頷《うなず》いたのは、満鉄調査部課長の玄葉琢磨だった。宮崎は陸軍中野《なかの》学校で学んだ後に関東軍に送り込まれ、中野学校で一期後輩の玄葉とともにソ連軍備の情報収集を任務としていた。二人は東京の参謀本部の良識派と連絡を密にしていた。

「少佐がおっしゃる通り圧倒的な攻撃力の差は量だけでなく質にもあります。ソ連軍の兵器の質がどれほど高いか……最新兵器へのソ連軍部の執着心は非常に強いものがあります」

玄葉はベルリンである情報を摑《つか》んでいた。それはソ連軍がドイツ軍との紛争で大損害を受けた後、そのドイツから技術導入を図って兵器の開発を行っているというものだ。

「ソ連の軍部は非常に合理的です。負けた敵から臆面《おくめん》もなく情報を得ようとする。それで兵器の最新化、強化を進める。マルクス・レーニン主義による唯物論、科学的・合理的視点が効いているようです」

戦車や装甲車、戦闘機から重小火器に至るまで最新型への転換を図っているという。

それに加えてと玄葉はソビエトの人間観を語った。

「兵器強化の裏には軍上層部が兵隊の力を信じていないところがあります。農奴《のうど》だった兵隊はエリート将校からは人間と思われていない。使い捨ての駒《こま》としての価値しかないと思われている。だから軍の上層部は機械を重んじる。特に戦車を多用する機甲部隊を重視しています。時速五十キロ以上で走る戦車もあるそうです」

宮崎はなんとも苦い顔をした。

「日本はやられるまでは分からんのかもしれんな……徹底的にやられて現実を見て、抜本的に考え直すまで……だが」

そもそも日本は資源のない国としての貧乏根性が沁《し》み込んでいると宮崎は言う。

「戦車は製造にトン当たり一万円かかる。最も多い十トン戦車だと十万円だ。その戦車はキャタピラに砲弾が一発当たると動けなくなる。砲弾は一発十五円……この十五円の砲弾と十万の戦車、どちらが大事かという……貧乏根性からの〝理屈〟が近代戦で勝利するための合理性を日本軍から失わせている」

玄葉は項垂《うなだ》れて訊《たず》ねた。

「ソ連軍は国境線を越えて攻めて来るでしょうか？」

宮崎はさらに苦い顔になった。

「そうなった場合、関東軍はソ連軍の基地を空爆することを考えている」

エッと玄葉は驚いた。

「越境攻撃となると完全に戦争です！　その決断は陛下直轄の参謀本部が行うものですから、統帥権干犯ですよね？」

宮崎は薄く笑って言った。

「陛下のお心を先に知って行動するのが真の帝国軍人だという……そういう理屈が通ったりするんだよ」

そこからの宮崎の説明に玄葉は唖然《あぜん》とした。

「陸軍の中には『大善』と『小善』という言葉があるんだ。軍人勅諭《ちょくゆ》を遵守して任務を果たすのは『小善』に過ぎず、陛下のお気持ちを察して一つ前に出て武勲を立てるのが『大善』であると……」

そうなると規律も何もあったものではないんじゃありませんかと玄葉は訊ねた。

「だから恐ろしいんだ。この日本という国の将来が……」

合理を軽んじ原理原則による規律がない軍隊を持つ国がどんなことになるかは、火を見るより明らかだと玄葉は思った。

それから日を置かず戦闘が勃発した。

ハルハ河を国境線と主張する満州国とそれを認めないモンゴルとの間にあるノモンハンと呼ばれる集落に近い茫漠《ぼうばく》とした平原、その牧草と水を巡る双方の奪い合いから双方の軍の小競り合いが四月より始まった。

瞬く間に戦闘は拡大、圧倒的兵力を準備していたソ連側が広大な草原を埋め尽くして日本軍を圧倒していく。

不利な状況の中でも塹壕《ざんごう》戦に持ち込んで日本軍は奮闘、使い捨ての駒とされ突撃してくるソ連兵を相当数撃破したが……新型で強力な兵器群……大砲、戦車、そして航空機による攻撃を受けて、日本軍の死傷者は二万近くに達した。

そうして八月末に作戦終結命令が、天皇の親裁を受けて発せられた。

ドイツの動きに目を向けなければならないスターリンも日本との戦いはそれ以上望まなかった。

現場の指揮官たちは皆戦死或《ある》いは自決……上から強いられての自決者も少なくなかった。

ノモンハン事件。

そう呼ばれて処理された戦争は日本陸軍未曾《みぞう》有の敗戦で終わった。

中央と現地軍との意思不統一で、命令責任が曖昧《あいまい》なまま、戦闘が拡大したことには日本軍指揮命令系統の根本的欠陥がある。

敵を知ろうとせず、己を顧みない。

成り行き任せ、状況を正確に把握しない希望的観測、責任の不明確……。

そんな軍隊が二年後、米英に宣戦を布告、第二次世界大戦に突入して多くの国民を道連れに破滅した。

ノモンハン事件は太平洋戦争と相似形をなしていたのだ。

敗戦後、焼け野原となった東京で玄葉琢磨は呟《つぶや》いた。

「ここからだ」

◇

関東軍参謀であった宮崎二朗はノモンハン事件の後、昭和十六（一九四一）年の日ソ中立条約成立を受けて関東軍を離れ、単身モスクワで活動していた。

ソ連側にとって宮崎は特別な存在だった。

ドイツと戦うこととなったソ連が、両面戦争を避ける為に締結した日ソ中立条約……日本側の中立遵守を裏で担保することが目的と称して、宮崎は秘密裏にソ連側と交渉を重ねていた。

そこには陸軍参謀本部良識派のノモンハンの教訓があった。ソ連が持つ様々な最新兵器、その技術を日本が導入する交渉だったのだ。

ロシア語に堪能《たんのう》でその歴史や文化に造詣《ぞうけい》が深い上、マルクス・レーニン主義を理解している宮崎はソ連側にとって申し分ない交渉相手だった。

宮崎はソ連の本質を見抜いていた。

「この国の本質はマルクス主義ではない。スターリンという大帝を冠するツァーリズムで、メシア信仰だ。マルクス主義はキリスト教の世俗形態の一つであって決して別のものではない。そしてこの国は常に極少数の上層階級と大多数の下層階級に分かれ中間層がない。農奴制と専制の並列、ロマノフ王朝から革命を経てソビエト連邦と形は変わったが、本質は何も変わらない」

その為、政治や経済の汚職体質が続くのも変わらないと見ていた。

「法や規律も肝心なところでは通用しない。国全体の利益など誰も考えない。一握りの力を持ったグループ……スターリンと取り巻きによる恐怖政治支配だ」

宮崎はそこに弱点を見る。

「つけ入る隙《すき》がある。大義名分は日本との相互安全保障の担保、裏ではカネ……買収によってソ連軍の最新技術は手に入る」

そうやって宮崎はソ連軍上層部に入り込んでいく。

しかし、肝心の東京三宅坂の参謀本部は最新技術などに目を向ける余裕はなかった。だが宮崎は関東軍と満鉄調査部が有する豊富な機密資金を使って情報を集めていく。

「必ず必要になる時が来る」

そう信じて満鉄の玄葉と連携を続け活動を進めていったのだ。

だがドイツが降伏した時点から風向きは変わる。ヤルタ会談後にソ連が対日参戦を決めたことについて宮崎は三宅坂に情報を送ったが、参謀本部は「条約は生きている。そんな筈《はず》はない」と希望的観測を繰り返すだけで、取り合わなかった。

「日本は負ける」

そう確信した宮崎はモスクワにやって来た玄葉と敗戦後の工作を練った。

シベリア鉄道でやって来た玄葉は言った。

「物凄《ものすご》い数の戦車が東に列車で運ばれていくのとすれ違いました。ソ連は必ず満州国に攻め入って来ると確信しました」

その言葉に宮崎は頷いた。

「秘密裏に撤退作戦を立案しないといけない。これは機密軍令部を編成しての実行になる。中垣忠雄《なかがきただお》中将とは連絡をとってある。関東軍の中で最も冷静沈着な方だ。中垣さんならやってくれる筈だ」

さらに宮崎は言った。

「君は満州国・国務院総務庁の経済統括部長の坊条雄二郎《ぼうじょうゆうじろう》に事態の推移を全《すべ》て伝え、中垣中将と協力するようにと言ってくれ。そして……私と君は別にやらなくてはならないことがある」

宮崎はずっと石原莞爾『世界最終戦論』をベースに世界の勢力図を考えていた。そこでは最終戦争となる最後の決戦は、アジアを代表する日本と欧米を代表する米国との戦いということになっていた。

しかし日本は敗れる為にそれが米国とソ連との戦いに変わるという大局に立ち、敗れた日本がどのように国を立て直して行くかを考えていた。

「ソ連は私を逮捕するだろう」

宮崎の言葉に玄葉は驚いた。

「我々とともに逃げましょう。関東軍の撤退と行動をともにして下さい！」

だが宮崎は首を振る。

「心配するな。俺はわざとソ連に捕まる。ソ連上層部は将来、米国との対立は必至と見ている。次の、そして最大の戦争の相手が米国だとなった時、日本をどう使うか？　米国が占領した後の日本へ、必ず自分たちの手足となる人間たちを送り込む筈だ。俺はそれになる」

エッと玄葉は驚いた。

宮崎はニヤリと、不敵な笑みを浮かべる。

「俺はソ連軍部中枢と深い関係になっている。満州国から大量に送って貰《もら》った金地金《きんじがね》をバラ撒《ま》いて奴らとはズブズブの関係だ。そして奴らは俺を日本の情報源として重宝している。負けた後に米国に占領される日本……そこにS（スパイ）を、それも気心の知れている人間をSとして送り込みたいに違いない」

その冷静さに玄葉はゾッとする気がした。

「逮捕され……シベリアに送られるだろうが、遅かれ早かれ俺を使う筈だ。そして俺は頃合いを見て持ち掛ける。Sとなって日本から米国の機密情報を伝えてやると……」

そして宮崎は玄葉をじっと見据えて言う。

「お前は満鉄調査部が持つ全ての機密資料とともに日本に戻り、占領軍として入って来る米軍の中枢にそれを手土産に入り込んで貰いたい。米国は満鉄調査部の情報は喉《のど》から手が出るほど欲しい筈だ。それを十二分に使ってお前は米国から信用を得て日本を動かすんだ」

玄葉は訊ねた。

「私に米国のSになれと？」

宮崎は頷く。

「世界はこれから大きく二つに分かれる。米国を中心とする民主・自由主義陣営とソ連を中心とする共産主義、いや専制主義陣営との二つに……」

玄葉はその宮崎をじっと見詰めた。

そして……そこからの宮崎の言葉は信じられない内容だった。

「だがそれは世界の表面のことだ。裏からそれを、世界を裏から動かす存在がいる。俺はそれに近づくことが出来た」

玄葉は驚いた。

「なんです？　裏で世界を動かす存在とは？」

宮崎はなんとも言えない表情で言った。

「俺が満州から送らせた大量の金地金のうち半分をスイスに移送するよう指示を出したのを覚えているな？」

それはソ連軍幹部が秘密裏に、スイスの銀行に持つ金庫に運び込む為と聞かされていた。

「あれはソ連の為ではない。ソ連を、いや世界を裏で動かす存在、真の力の持主……そのメンバーになる為の供託金だったんだ」

玄葉は目を剝《む》いて訊ねた。

「それは一体何なんですか？」

宮崎は言った。

「奥の院と呼ばれる存在とだけ言っておく」


昭和二十六（一九五二）年の秋、背広姿の二人の男が銀座の有楽座《ゆうらくざ》で映画を観《み》ていた。

『羅生門《らしょうもん》』

黒澤明《くろさわあきら》が監督し主演は三船敏郎《みふねとしろう》、京《きょう》マチ子、森雅之《もりまさゆき》……ベネチア国際映画祭で日本映画として初めてのグランプリを受賞した作品だ。

映画を観終わって、銀座の並木通りを二人は歩きながら語り合った。

「あれだけの作品を創れるように日本もなったということだな」

一人の男がそう言った。

痩《や》せぎすで古武士のような男だ。

「その通りですね。日本は独立を回復し、国としても新たな一歩を踏み出しました」

恰幅《かっぷく》の良い男がそう応じた。

宮崎二朗と玄葉琢磨だった。

この年の九月、サンフランシスコ講和条約が調印され日本の主権は回復されたが、ソ連や中国は締結しない片面講和条約でもあった。

そうして二人は丸之内会館にある外国人記者の団体、東京特派員クラブのレストランに入った。二人とも日本人として特別に入店が許されている。

「シベリアではやはり大変でしたか？」

玄葉が訊ねると宮崎は首を振る。

「俺は特別だったからな。過酷な労働に出されることもなく、モスクワからやって来る政府関係者、殆どがKGB《カーゲーベー》の連中だったが……とのやり取り。俺の思想のチェックと日本に戻すタイミング、そして日本で何をやるか……ずっとそんな形だった。食事は粗末なものだったがお陰で健康だ。君の方は米国に付いたお陰で栄養が回っているな」

お恥ずかしい限りですと玄葉は体を小さくした。

宮崎は笑った。

「全てシナリオ通りということだ。君は米国、俺はソ連……朝鮮戦争が勃発して世界の新たな対立が明らかになった。ソ連は俺の日本への戻し時は今だと見た。米国の動きを最も知りたい時だからな」

注文したステーキが出された。

分厚いアメリカンスタイルのステーキだ。

「日本でこれだけのものが食べられる場所は限られています」

玄葉がそう言うと、宮崎は神戸牛を頬張《ほおば》りながら旨《うま》いと呟いた。

「日本もいずれ普通にこういう牛肉を食べられる時代になるだろう。楽しみだ」

その宮崎に頷いてから玄葉は言った。

「私は永福商事、宮崎さんは帝都《ていと》商事に迎え入れられる運びになっています」

宮崎はナプキンで口元を拭《ぬぐ》ってから「承知した」と答えた。

すると玄葉が神妙な顔つきで言った。

「それからもう一つ――」

◇

稲山綾子は週末に鎌倉、雪《ゆき》ノ下《した》の実家を久しぶりに訪れた。

その前日、特別顧問の来栖和朗から「内々に稲山さんに……」と呼び出されて聞かされた話……それに関して会わねばならない人物がいる。

稲山莞爾《かんじ》、稲山綾子の父だ。

「今日はタンシチューの日なの！　嬉しい」

莞爾は昔から月に一度、タンシチューを手ずから料理して家族に振舞うことを習慣にしている。その日、日曜日の遅めのランチに出す準備がされていたのだ。

土曜から銅鍋《どうなべ》で何時間も牛タンを煮込みながら丁寧に灰汁《あく》を取る父を、稲山は子供の頃から何度見て来ただろうかと思った。

父はその作業で何か考えているのか、何か忘れようとしているのか……台所にじっと立つ父の姿は稲山には懐かしく心和ませる光景だった。

その分厚いステーキのような牛タンのシチューが美味《うま》い。付け合わせのソテーした椎茸《しいたけ》と人参《にんじん》、素揚げされたじゃが芋も抜群なのだ。

母はシチューに合わせてパンを焼く。

焼きたてのパンと食べるシチューの味わいは最高の贅沢《ぜいたく》だった。

「我が家の最後の晩餐《ばんさん》のメニューは決まっているね。お父さんのタンシチューとお母さんが焼くパン。これ以外には考えられない」

稲山はこれまでに何度もそう言って来た。

この日もその言葉を言おうとしたが、ロシアのウクライナ侵攻で第三次世界大戦も現実味を帯びる中では……口に出来なかった。

シチューをスプーンですくいながら稲山は「今夜は泊まって明日の朝の電車で出社するから……」と父と母に告げた。

「お父さんに聞きたい話があるんだ」

ほうという表情を莞爾が見せた。

「何だか恐いな。綾子が俺の話が聞きたいとは……」

稲山は莞爾の顔を見ず肉にナイフを入れながら「お祖父《じい》さまのこと……」と言った。

その瞬間、莞爾の呼吸が止まったように思えた。が、直ぐに莞爾は「やっぱり恐いね。綾子は……」と呟いてから微笑《ほほえ》んだ。

だが娘の顔を見ようとはしない。

♪♪♪

稲山家は家族全員での週末の食事の際は、アナログレコードをかける。その日は莞爾の好きなコンチネンタルタンゴが流されていた。

食事が終わって稲山は父の書斎で珈琲《コーヒー》を一緒に飲んだ。夕霞《ゆうがす》む窓の向こうに相模湾《さがみわん》を行く船が小さく見える。

二人は小さなテーブルを挟んで座っている。

「私を……永福商事に就職させたのはお父さんの意向だった。何故私を自分と同じ総合商社に就職させようとしたのか？　子供の頃からお父さんが『商社の仕事は面白い』と私に刷り込み……私も自然とそれに従ってしまった。でも、そこには何か理由があったんじゃないの？」

莞爾は黙っている。

莞爾は帝都商事に勤務し調査畑が長い。定年後も特別顧問として働いている。

「私がいた特命班、そこが何をしたか？　お父さんは知ってるんじゃないの？」

ソ連崩壊時に玄葉琢磨が中心となってまとめた総合商社のロシアのエネルギー資源利権の獲得に絡む密約……そのリークに稲山たちの特命班が動いたことだ。そこには前社長の来栖和朗が絡んでいた。

「実は来栖前社長と私は今一緒に仕事をしている。私のチームの顧問をして貰っている」

知っていると莞爾は無表情で言った。

そして今まで稲山が見たことのない冷たく凍ったような顔つきになって訊ねた。

「どこまで聞いた？　来栖さんは全て話したのか？」

全てかどうかは分からないと、稲山も緊張の面持ちで答えじっと父の顔を見た。

「来栖顧問は玄葉琢磨の過去について……玄葉氏から聞いた限りの全てを私だけに話された。そこに出て来た稲山義和《よしかず》、お祖父さまの名前……そして言われた。『後はあなたの御父上から聞いて下さい』と……」

莞爾は頷いてから言った。

「ロシアのウクライナ侵攻で全てが変わった。綾子には死ぬまで父上や来栖氏との関係は話さずにおこうと思っていたんだが……」

そうして珈琲を飲み干すとカップをソーサーに置いて、稲山を見た。

「来栖さんから対露班のことは聞いている。その趣旨に私は賛同する。そして帝都商事調査部も全面的に協力する」

パラダイムが変わったからなと、莞爾は付け加えるように呟いた。

「じゃあ話そう。私が父上から聞いた話を。そして私やお前が何故、総合商社で働く運命を背負わされているかを……」

稲山はごくりと唾《つば》を呑《の》み込んだ。

「嘗《かつ》て宮崎二朗という男がいた。陸軍中野学校で学んだ後、欧州各国で駐在武官として活動していた。英語、フランス語、ロシア語に堪能だった宮崎は見事な活動をしてみせたという」

稲山は訊ねた。

「欧州での活動……中野学校出身ということはスパイということ？」

莞爾は頷いてから続けた。

「その後、関東軍参謀として満州に赴任、そこで中野学校一期後輩で満鉄調査部課長の玄葉琢磨とともに活動する。ソ連の最新兵器に関する情報を得るという諜報《ちようほう》活動を……」

そこまで言って珈琲カップを手に莞爾は立ち上がり、「もう一杯、淹《い》れてこよう」と稲山のカップも受け取って書斎から出て行った。それはまるで稲山に落ち着くための時間を与えるかのようだった。

「……」

日はいつの間にかとっぷりと暮れている。

稲山は書斎のデスクライトを点《つ》けて父を待った。

子供の頃から見慣れた書棚にどこか異様な感じを受ける。

(全て隠されていた……そして、私の人生もその隠されたもので動かされていた?)

そうして莞爾は珈琲の入ったカップを二つ手にして戻って来た。

ありがとうと稲山は受け取って口をつけた。

「さっきより濃い目に淹れた?」

莞爾は微笑んで言った。

「話が長くなりそうだからな」

そうして二人の表情は真剣なものに戻った。

「ノモンハン事件を知っているな?」

ええと稲山は答えた。

「日本陸軍の戦争遂行の意思決定機能の酷《ひど》さ……無能、無責任さを示すものでしょ？」

莞爾は頷いた。

「宮崎二朗と玄葉琢磨はそれを目の当たりにして日本の敗戦を予測した。『この軍隊の存在は国を亡ぼす』と。その後も宮崎は懸命にソ連の最新兵器の情報収集に努めた。満州国が持っていた莫大《ばくだい》な金地金を利用してソ連軍上層部を買収して入り込んでいく。その人脈作りが宮崎の狙《ねら》いだった。宮崎は敗戦後の日本を考えて行動していたんだ」

莞爾は珈琲に口をつけ「ちょっと濃すぎたかな？」と薄く笑ってから続けた。

「宮崎は日ソ中立条約締結後のモスクワで最新兵器の情報を獲得しては暗号化して玄葉に送り続けた。だが対米戦で日本の敗色が濃くなり、ソ連が対日戦に参戦する前に身柄を拘束されてシベリアへ送られた。時間稼ぎにわざと捕まったそうだ。ソ連の参戦を関東軍に知らせて満州国からの撤退を出来るだけスムーズに行わせる目的で。それで玄葉は膨大な機密資料を持って日本に戻れたんだ」

稲山は訊ねた。

「それで？　宮崎はどうなったの？」

その前にと莞爾は稲山に向き直った。

「私の名前が何故〝莞爾〟というかは知っているかい？」

稲山は頷いた。

「石原莞爾から取ったんでしょう?」

そこに宮崎の行動の意味があると莞爾は言う。妙に思ったが稲山は父の言葉に耳を傾け続けた。

「宮崎は米国とソ連の間で最終戦争が起きると想定した石原莞爾の『世界最終戦論』を基に全てを考えていた。その際に日本がどんな役割をするか? 日本はどちらの側につくか? どちらが勝つかは分からない。だがどうなっても日本が生き残れるように、極めて現実的に、合理的に、したたかに考えていた。そしてその為の自分の役割も……」

莞爾はそれからゆっくりと珈琲を飲んだ。

「昭和二十六(一九五一)年の夏、六年に及んだシベリア抑留から宮崎は戻った。抑留中は特別待遇だったそうだ。何故ならソ連は、宮崎を米国に支配された日本の中枢に入り込める人材だと確信していたからだ。ソ連は宮崎が自分たちの完全な傀儡《くぐつ》となる確信が持てるまで洗脳を行った。だがそれも宮崎のシナリオ通りだった。宮崎は見事に演じきった。そして抑留中もクレムリンの要人と連絡を取り合い信頼を高めていった。そうして日本に戻った。帰国した彼を迎えたのが玄葉琢磨だ。玄葉は満鉄調査部から持ち出した機密資料を敗戦後、米国の諜報機関に全て渡して信頼を得ることで、米国のエージェントとなっていた」

稲山は驚いた。

「宮崎はソ連の、玄葉は米国のスパイとなって日本で活動したということ?!」

莞爾はそれは違うと言う。

「全て宮崎の描いた壮大な日本再生プロジェクトだ。日本に戻った宮崎は過去を消し稲山義和となった」

稲山は目を剝いた。

「私も綾子も語学が得意なのは稲山義和、いや宮崎二朗の遺伝だ。更に言うと調査や分析が好きなのも……」

その莞爾を稲山は背中に冷たい汗を感じながらじっと見詰めた。

◇

昭和五十一（一九七六）年二月。

米国上院外交委多国籍企業小委員会公聴会で、マルキード社の日本への違法政治献金が公表された。

マルキード社が日本の航空会社、全日航への航空機販売の口利きに日本の政界に違法な献金を行っていたことが明らかにされたのだ。

マルキード事件の始まりだった。

日本政府は米国政府と議会上院にマルキード事件の資料提供を求め、その後多くの民間関係者……全日航社長、総合商社丸藍《まるあい》の会長などが、国会での証人喚問に招致されたのだった。


「全て君たちの仕業だな」

東京、麻布台《あざぶだい》にあるアメリカンクラブの特別個室で米国日本大使は男と対峙していた。

その年、永福商事社長に就任したばかりの玄葉琢磨だ。

押し出しの良い玄葉は海兵隊上がりで偉丈夫な大使に見た目でも負けていない。

玄葉は大使の質問に鷹揚《おうよう》に頷いた。

「マルキードは日本でやり過ぎていました。日本のフィクサーや政商の中でもたちの悪い連中を使っていた。そういう輩《やから》を排除させて貰う為でした」

大使はその玄葉をじっと見詰めた。

「米国の与党議員たちはカンカンになっている。マルキードは大事な政治資金源だ」

玄葉は笑った。

「だからと言って日本を玩具《おもちゃ》にされては困る。日米双方にとって良い結果となる関係を築く。それが私の目的です」

それを聞いて大使はなんとも言えない表情になって呟いた。

「そしてもう一人の目的も大事ということなんだね？」

玄葉はその通りですと答えた。

「あの方の働きのお陰で世界大戦が避けられているということ……それを大使にはご理解頂かないと困ります。それが真の意味で米国の利益に繋《つな》がることを」

大使は押し黙った。

そして狙いすましたように玄葉は言った。

「今回の借りは返します。米国が喉から手が出るほど欲しがっているものを差し上げます」

エッという表情を大使は見せた。

「あの方がマルキードの情報をどこから得たか？　察しはついていらっしゃると思います」

大使はその玄葉をじっと見詰めた。

「あの方が従っているドクトリン。米ソが決して熱い戦争をすることのない世界、第三次世界大戦のない世界……その為に日本が、我々が貢献すること。表でも裏でもそのように日本が貢献出来る国になることが我々の目的です。それ以上でも以下でもない」

玄葉は不敵な笑みを見せて言った。

「大統領にお伝え下さい。思ってもみないような金額のチェックを日本が米国に切ると。

必ずご満足頂けると……」

大使は瞠目《どうもく》して頷いた。


その年の九月、日本中に衝撃が走った。

ソ連空軍のミグ25戦闘機が日本の防空レーダーを超低空飛行でかい潜《くぐ》って、国内空域に侵入、函館《はこだて》空港に強行着陸したのだ。

乗っていたソ連空軍パイロットは米国への亡命を希望、日米協議の後、機体とともに米国に移送された。

全てが日米の関係当事者の間で仕組まれていたかのように、事はスムーズに終了した。


渋谷区松濤《しょうとう》の広大な敷地内に聳える洋館、帝都倶楽部《ていとクラブ》。

ルネッサンス様式の豪奢《ごうしゃ》なその建物は帝都財閥の役員専用施設だ。

一階大広間の壁には帝都グループの創始者、篠崎平太郎《しのざきへいたろう》を筆頭に篠崎家歴代当主の堂々たる肖像画が居並び、訪れる者たちを睥睨する。

二階にあるダイニングルームの特別個室、そこで二人はディナーをとっていた。

永福商事社長の玄葉琢磨と帝都商事特別顧問の稲山義和だ。

「ノモンハンから三十七年経《た》ったが、日本という国は変わったのかな？」

稲山は鼈《すっぽん》のコンソメを味わいながら言った。

「どうでしょうか？　経済発展は遂げましたが、軍事・外交は米国任せという状況です。ある意味、政治の核はありませんね」

玄葉の言葉に稲山は笑った。

「もともと核はないよこの国には……中心は空っぽ、空《くう》、それがこの国の本質だ。プリンシプルなくその時の状況で動く。それは敗戦後も変わっていない」

その通りですと玄葉は頷いた。

ナプキンで口元を拭ってから稲山は訊ねた。

「米国は大喜びだろ？」

勿論ですと、玄葉は微笑んだ。

「第二次大戦後、最大級の軍事機密を手に入れられたのですから……。ミグ25の全てを完璧《かんぺき》に知ることが出来、ソ連空軍将校からの詳細な軍事情報を暗号システムも含めて知ることが出来た。マルキードでの貸しどころではないものを返して貰ったと大喜びです」

料理はサラダ、そして鯛《たい》のポワレへと続いた。

「帝都倶楽部の料理は本当に美味いですね。こんなフランス料理が食べられる店は少ないでしょう？」

その言葉に頷きながら日本は不思議な国だと稲山は言う。

「戦後、この国の経済発展は目覚ましい……料理も本当に発展している。和洋中どの領域でも素晴らしい店が出来ている。ここもシェフはパリの三ツ星店で長年修業して去年から料理長を務めているが……オーセンティックなフランス料理を見事に日本人の口に合うように仕上げる。そういう技術や感性にかけては日本人は大したものだと感心する」

そして何かに気がついたようになって稲山は言った。

「我々はある意味で料理の隠し味なのかもしれんな。米ソ冷戦という料理の中で日本というものの存在を利かせるための隠し味。そう思うと面白い」

口直しのレモンシャーベットが出され、メインは鶉《うずら》とフォアグラのパイ包み、健啖《けんたん》の二人はペロリと平らげた。

「デザートを食べるだろ？」

稲山が訊ねると玄葉は微笑んだ。

そうして洋梨《ようなし》のコンポートのアイスクリーム添えを食べ終わり、ゆっくりと珈琲を飲んでいる時、玄葉が真剣な顔つきで訊ねた。

「マルキード事件の資料は、ＫＧＢからのものだとお聞きしましたが？」

稲山は頷いた。

「それまで君から貰っていた米軍の最新兵器の関連情報をＫＧＢには随分渡してやっていたからね。あれぐらいは貰って当然だよ」

稲山がその情報を米国の野党議員に送ったことで、マルキード事件は明るみに出たのだ。

「ですがミグ25は違うルートですよね？　KGBが関与したりクレムリンが容認できるレベルではない」

フッと稲山は小さな笑いを漏らしてから言った。

「ノモンハンからずっと、私はソ連とのパイプを築きシベリア抑留中も、そして日本に戻ってからも、磨きを掛けて来た。だが本当のパイプというのは昔から変わらない。一番大事なものは闇《やみ》の奥にある」

玄葉は稲山の言葉に緊張した。

「君は永福商事の社長として、ここから表でも裏でも日本の総合商社という武器を使って貰わないといけない。我々が戦後やって来たこと。米国とソ連にそれぞれの機密情報を相互に与えてやること。それも真実の情報を吟味して与えること。それこそが我々の力だった」

玄葉は頷いた。

「米ソ相互に互いの弱点を正確に知らしめることで安心立命を与えてやる。それが米ソを冷戦のままで止めて、熱戦つまり第三次世界大戦には至らせずに済む」

玄葉はそこで思い出した。

「キューバ危機の際、ケネディの本気をフルシチョフに知らせ、キューバのミサイル撤去をさせた情報の流れ……あれもIラインでしたね？」

　Iラインとは稲山のソ連ライン、玄葉の米国ラインをGラインと呼ぶ。

　稲山は頷いて言う。

「ソ連を共産党組織の国と思ったら大間違いだ。ロマノフ王朝から続くツァーリズムの国、農奴制と専制というクレムリンの闇。その闇を動かすこと。その為には真実が必要。闇を動かすには真実という鍵が必要という真理を知ることが大事なのだ」

　そして一呼吸置いて言った。

「その闇を支配する奥の院を今回は使った」

　玄葉は驚いた。

　稲山は頷いて言う。

「クレムリンの闇も知らない軍の機密情報を奥の院は握っている」

　そこでふと稲山は表情を変えた。

「IラインもGラインも後継者を考えておかないといけない。奥の院はラインに世襲を求めて来る。私は自分の息子に継がせるつもりだが……君には子がいないな？」

　玄葉はその通りですと言った。

「これから人材を探します。時間を掛け慎重に探します」

　そうしてくれと稲山は言った。

「自分自身がダブルスパイ、トリプルスパイの機関と化す……そんな存在は簡単に作れないからな」

◇

「飲むかい？」

稲山綾子は父莞爾に訊ねられ、頷いた。

ずっと震えが止まらない。

莞爾の信じられない話を聞き続けていた。

戦後、米ソを冷戦状態にしたままにする為に日本に存在したダブルスパイ、トリプルスパイが自分の祖父であること……。

歴史的な事件に祖父が果たした役割。

莞爾がバカラのウィスキーグラスにスコッチのオンザロックを二つ作って持って来た。

「アイラの十三年物だ」

スモーキーな香りがグラスから立ち昇る。

「……美味しい」

稲山は口をつけて呟いた。緊張で嗄《か》れた喉にキックの効いたウィスキーが沁みる。

その刺激がここまで聞いた話を物語るように思えた。

「そうしてお父さんがIラインの、来栖顧問がGラインの後継者となったということ？」

莞爾はグラスを舐《な》めるようにしてスコッチを飲んでから口を開いた。

「稲山義和が私に英才教育を施したのは事実だ。物心つかない頃から漢詩の暗唱をさせられた。詩経《しきょう》や杜甫《とほ》、白居易《はくきょい》……」

稲山は驚いた。自分も同じように百以上の漢詩が暗唱できるからだ。

「お父さんは私にも同じように？」

莞爾は頷いた。

「今の日本のエリートたちは外国語が出来ないだろ？　中学から英語を学んでいるにもかかわらずまともに話せるものは少ない。だが戦前のエリートは皆、判で押したように語学が出来た。英語、ドイツ語、フランス語の三ヶ国語を話せる者も大勢いたという事実がある」

そこから莞爾は戦前のナンバースクールの話をした。第一高等学校や第四高等学校など、今の東帝《とうてい》大学や京帝《きょうてい》大学の教養学部の前身のことだ。

「語学は才能もあるが、今風に言うと子供の頃に語学のOSが形成されているかどうかが習得の鍵《かぎ》になる」

稲山は少し考えて言った。

「それが漢詩の暗唱？」

莞爾は頷いた。

「ナンバースクールの語学教育は寺子屋方式だったという。一高の高名なドイツ語教師の授業などその典型だ。教科書を机の前に開かせて両手は膝《ひざ》の上、教師がドイツ語を日本語に訳していくのを目で追うだけ、絶対に書き込みは許さない」

稲山は驚いた。

「そんなことでドイツ語が出来るようになったの？」

莞爾は微笑んで言う。

「ＯＳが出来ていたんだ。皆子供の頃に漢詩の暗唱をさせられている。それで外国語の発音、イントネーション、そして文法を習得する為の集中力やリズム感を得ていたんだ」

稲山はそれが納得出来るように思えた。特に幼い頃からネイティブの外国人と会話をした経験がないのに、英語やフランス語の習得は苦にならなかった。

「それがお父さんが私にも授けた英才教育だったの？」

綾子にはそれだけだと莞爾は言った。

「だが稲山義和は息子の私に徹底した英才教育を施した。英国人と白系ロシア人の家庭教師がつけられた。三歳から十五歳の十二年間、高校に上がるまで……英語とフランス語、そして一番大事なロシア語を完璧にマスターさせる為に……」

そんな話は家族に一切していない。

「私はお父さんが商社マンだから語学が出来るのだとばかり思っていた……」

稲山は自分を落ち着かせるようにウィスキーをグッと飲んだ。

莞爾はグラスを暫《しばら》く指で弄《もてあそ》ぶようにしてから言った。

「稲山義和は私に〝真実〟を教えた。歴史の〝真実〟、政治の〝真実〟を。だがそれは今の我々の知る〝歴史〟や〝政治〟とはかけ離れたものだった。世界を動かす本当の力学とは何か？　それを稲山義和は私に教え続けた」

そこでフッと莞爾は息を抜いた。

「そして……帝都商事調査部。その存在は日本にあって特別なものだ」

英才教育を受けた莞爾が帝都商事に就職した年、稲山義和は亡くなった。

「全てが残されていた。帝都商事調査部に……。満鉄調査部の中核を引き継ぎ、帝都グループという日本最大の財閥の目となり耳となる存在としてあらゆる〝力学〟の仕組みを知っている組織だった。大きな枠組みでは稲山義和もその組織の一員に過ぎなかったんだ。それは私が仕事を始めて分かった」

稲山は訊ねた。

「お父さんは義和の後継者となったの？　Iラインを譲り受けたの？」

それには答えず莞爾はグラスを空けた。そうしてボトルからウィスキーを慎重に注《つ》いだ。

「稲山義和が亡くなってIラインは一旦Gラインに吸収された。つまり玄葉琢磨が米ソ双方のラインとなったが……帝都商事調査部もそれを組織としてサポートした。それが日本の総合商社のあり方だからだ。一番大事なところで協力する。日本という国を守る為に……」

莞爾はストレートのウィスキーをグッと一気に空けた。

稲山は言った。

「来栖顧問も同じことを言われた。戦後の日本の総合商社には一番大事なところで纏《まと》まる力があると……その核を創ったのが稲山義和と玄葉琢磨だったと……」

その通りだと莞爾は頷いた。

「二人が築いたラインは大事なところで常に機能した。ソビエト連邦崩壊の時、稲山義和は既に亡くなっていたが、ラインを引き継いでいた玄葉琢磨はそれを使って天然資源利権の獲得を可能にした。だが本当の狙いであった北方領土の返還は、玄葉琢磨の死で出来なかった。ロシアにはもう一押し必要だったと……玄葉さんを補佐した来栖さんから聞いた」

稲山は自分もそれは来栖から聞いたと言った。

「米軍基地を北海道から移すこと……だったんでしょ？」

そうだと莞爾は頷いた。

「それは米国が許さなかった。玄葉氏があと数年生きていれば……ラインで米国との交渉をまとめた可能性は高かったと思う」

稲山はその莞爾に強い調子で訊ねた。

「お父さんはラインを今も使えるの？　それともラインはもう存在していないの？　ロシアのウクライナ侵攻という暴挙を奥の院は認めたの？」

莞爾は空になったグラスを見詰めて言った。

「ラインは生きている。しかし……奥の院は沈黙している」

緊張の空気が走った。

「今のプーシキン大統領の行動は、奥の院の求めるものと根本から異なっている。それは私も分かっている」

稲山はじっと莞爾を見て訊ねた。

「奥の院の求めるもの……それは何なの？」

どこか覚悟を決めたようになって莞爾は稲山を見た。

「世界経済の発展と安全保障のために汎ヨーロッパ主義を確立すること」

驚く稲山に莞爾は言った。

「そうして世界最終戦争を抑止すること。人類絶滅戦争、ハルマゲドンを阻止することだ」

一呼吸置いて莞爾は続けた。

「汎ヨーロッパ主義とはハプスブルク家に由来する今のＥＵ構想のようなものとは違う。嘗ての大英帝国、ビクトリア女王の治世の頃、奥の院が裏で進めたことだ。当時、英国とロシア、ドイツの王家は血縁で結ばれた親戚同士だった。王家が互いに婚姻関係を結ぶことで広大なユーラシア大陸全土の平和を維持するというものだ」

稲山には分からない。

「今の世の中に王家の復活などありえない。奥の院はそんな時代錯誤を本当に存在目的としているの？」

人なんだよと莞爾は言う。

「血は水よりも濃い。世界の大国を動かす中枢の者同士が姻戚《いんせき》関係となって争いを避ける。体制の違いがあってもそれは可能になる。だが綾子の言う通り二十世紀に入ってから難しくなった。そこで奥の院は血の継承は内部に留《とど》め、本来的で普遍的な戦略を強めていった。大国同士が最終戦争を始めない為に、互いの最も重要な機密情報を相互に平等に共有させるというドクトリンだ。第二次世界大戦後は稲山義和や玄葉琢磨らがそれに大きく貢献し、ドクトリンが機能を続け、奥の院の日本の評価は高まったんだ。だがその奥の院の意に反してプーシキンは戦争を始めてしまった……」

そして言う。

「そのロシアの本質……それは農奴制と専制主義だ。稲山義和もそれが分かっていた。だから本当の市場経済にあの国は移行できない。常に二極化する。エリート層と貧農、労働層に……その為に官僚主義と汚職体質はなくならない。それはロシアもウクライナも同じだ。スラブ民族の国家観に刷り込まれているDNAのようなものだ。だから欧米が求めるような経済産業体制にはなれないんだ。あの地域は難しい。最後は奥の院の力が必要になる」

稲山は声を荒らげた。

「じゃあ、どうするの？　今の戦争を止めるのに我々が、日本の総合商社が、何が出来るの？　そして奥の院は動かないの？」

莞爾は言った。

「考え得るありとあらゆることをすることだ。突破口はそこから開ける筈だ。日本の総合商社はお前が考える以上に纏まれば凄い力を発揮する。そして、ロシアの奥の院が沈黙しているのは真のエリートではない者が戦争を支配しているからだ」

稲山はその莞爾をじっと見て訊ねた。

「プーシキン大統領は奥の院を封じ込めたの？」

その通りだと莞爾は言う。

「だがロシアの奥の院は潰《つぶ》されてはいない。潰せないんだ。スターリンも、歴代ソビエト共産党書記長も、そして共産党の崩壊によっても、潰すことは出来なかった。何故なら奥の院とは……悪魔のことだからだ」

稲山は戦慄《せんりつ》を覚えた。

第五章　対露班動く

ＪＲ神田駅を少し離れた問屋街の一角にその店は時代から取り残されたようにある。さびれた雰囲気の町中華、その店を日曜日の午後四時にカジュアルな服装だが、品格を備えた壮年の男性が訪れた。

「店の入口の横に急な階段があります。それを上がって下さい。二階が個室になっています。出口は別になっていて誰《だれ》とも顔を合わせることがないように出来ています」

調査部特別顧問の稲山莞爾から電話連絡を受けて場違いな雰囲気の店に入って行くのは、帝都商事社長の峰宮義信《みねみやよしのぶ》だった。

帝都財閥創業者である篠崎平太郎の玄孫《やしゃご》としての血脈を母方から継ぐ峰宮は、帝都の申し子とされる。十代の頃《ころ》から英米に留学、欧米の政官財に広い人脈を持つエリート中のエリートだ。

そんな峰宮に似つかわしくない場所を稲山が選んだ理由は、誰にも絶対に知られることなくその会合を持ちたかったからだ。

(なるほど密会には最適だな)

二階に上がると廊下になっていた。ギシギシと床の軋《きし》む音をさせながら奥に進むと扉があった。扉を開けると少し先にまた扉があって……それを開けると三人の男が赤く丸い中華テーブルの席についていた。

永福商事社長の和久井貞雄と前社長の来栖和朗、そして稲山莞爾の三人だ。

さっと頭を下げて峰宮は言った。

「来栖さん。ご無沙汰《ぶさた》しております。和久井社長。ご就任の際には当社までわざわざ足をお運び頂き、誠にありがとうございました」

ビジネスマンとしてそつのない挨拶《あいさつ》をする。

来栖も頭を下げて言った。

「峰宮さんとこうしてお会いするのは経済団体のパーティー以来ですね。でもこういう店でこうしてお会いすることになるとは……感慨深いです」

そこから稲山が直《す》ぐに本題に入った。

「世界のパラダイムを変える事態であることは、御承知の通りです。この度、和久井社長からの御提案で帝都のIラインと永福のGライン、その二つを核に日本の全総合商社を束ね、今のロシアのウクライナ侵攻を終わらせるプロジェクトを始動させます。戦後日本の総合商社の真髄が問われるものだと考えます」

事前に稲山と協議済みの峰宮は、単刀直入に言いますと語気を鋭くした。

「来栖さんがリークされたロシアの天然資源利権獲得の機密事項……あの時は見事にやられたと思いましたが、事ここに及んでまさに正鵠《せいこく》を得たものだった。場合によって日本の総合商社はロシア利権を放棄しなくてはならない事態が来てしまったのですから……」

来栖は微笑《ほほえ》んで言う。

「利権の放棄はしませんよ。ここは深謀遠慮を日本が発揮するところです」

すると峰宮もニヤリとした。

「流石《さすが》は玄葉琢磨の懐刀《ふところがたな》、Gラインの継承者ですね。そうこなくっちゃ！」

茶目っ気を見せて峰宮は言った。

「あぁ、せっかく珍しい店に来てるんですから何か食べましょうよ。稲山さん、ここは何が旨《うま》いんですか？」

稲山がお薦めはもう頼んでありますと言うや否や……扉が開いてビールと紹興酒《しょうこうしゅ》、それに前菜の盛り合わせが運ばれて来た。

そして直ぐに小籠包《ショーロンポー》、甘酢のかかった揚げ餃子《ギョーザ》、玉子とトマトの炒《いた》め物と続いた。

「ほう！　庶民的な味ながら奥が深い！　良い店ですね」

来栖がそう言って舌鼓を打った。

和久井がそれを受けて言った。

「サラリーマンならではのこういう雰囲気の飲み会は良いですね。料亭やフレンチレストランでのトップ同士の会食よりずっと良い」

するると峰宮が嫌味に取らないで下さいと断ってから、

「私は学校も仕事も欧米が長かったものですから……いわゆる日本のサラリーマンの飲み会を知らないいんです。いや、今日は嬉《うれ》しいですよ」

社長にお褒め頂きましたねと稲山が笑った。

「稲山さんの笑顔は恐い。Iラインの純粋継承者、ロシアの奥の院の鍵《かぎ》もその笑顔で開けて来たんですか？」

峰宮が言うと「殿、それくらいに」と鋭い目をしながら稲山は微笑んだ。

その瞬間、峰宮の笑みが消える。

奥の院の話は帝都商事社長でも軽々しく口にしてはならないものなのだ。

そうして来栖が揚げ餃子を賞味し、ビールを飲んでから強い口調で言った。

「資源の乏しい日本にとってエネルギー資源は何より重要なものです。玄葉氏はそのことをくどいほど繰り返されていました。日本にとっての生命線であるエネルギー資源、ロシアへの経済制裁の一環として欧米各国はロシア産原油・天然ガスの輸入規制に踏み切り、メジャーはサハリンから撤退を表明しました。おそらく日本円で三兆円近い損失を計上するでしょう。欧米は脅しではなく本気で反ロシア姿勢を取っています」

皆の顔は真剣なものになった。

「でもドイツはロシアからの天然ガスの禁輸は出来ないでしょう？」

峰宮が訊《たず》ねた。

ＥＵの中心国でもあるドイツは、天然ガスの大半をロシアからの輸入に頼っている。

「えぇ、天然ガスの五十五％がロシアからの輸入ですから止めたらドイツは持ちません」

来栖はそう言って続けた。

「経済というものがグローバリゼーションによってネットワーク化することで大戦争はなくなるという幻想はこれで消えましたが、ギリギリのところでは世界は繋《つな》がらざるを得ない。そこに我々総合商社がこの戦争を終わらせることへの隘路《あいろ》を見つけられると考えます」

稲山がそれを受けて言った。

「日本にとってのエネルギー資源の輸入、サハリンからの撤退はしないということは欧米にもドイツと同様の事情で理解はされると考えられます」

和久井がその稲山に訊ねた。

「メジャーがサハリンから撤退した後に、中国が入り込むことは考えられませんか？」

稲山は「そこは大丈夫です」と帝都商事調査部が纏《まと》めたサハリンの機密資料を見ながら答えた。

「サハリンでは通常の竪穴《たてあな》採掘ではなく横穴で地層と平行にガス採掘を行うという極めて高度な技術を要します。その技術は欧米メジャーと日本しか持っていませんから……」

ですがと稲山は続けた。

「日本はエネルギー供給でこれ以上はロシアとの関係を深められません。そして最悪の事態も考えておく必要はあると考えます。ロシア産原油・天然ガスを放棄せざるを得ない事態も……」

峰宮がその稲山に訊ねた。

「ロシアが大量破壊兵器を使用したら……ということですね？」

稲山は頷いた。

「奥の院は沈黙しています。プーシキン大統領は奥の院を封じ込めて今回のウクライナ侵攻に出た。だが緒戦から苦戦となった。奥の院がこの侵攻を支持していたら全く別の展開を取っていた筈《はず》です」

それに対して来栖が言った。

「奥の院はプーシキンにやれるところまでやらせようとしているのかもしれませんね。そうして苦戦させてプーシキンを追い詰める」

稲山はその可能性は高いとしながらエネルギー資源の問題に話を戻した。

「日本は最悪を想定しておかないといけません。ここはオールジャパンで、総合商社を中心にエネルギー資源の分散獲得に動かないといけない。イランの原油・天然ガスへのアプローチ、そしてブラジルのプレソルト深海油田開発がその候補先になります」

和久井が苦い顔になった。

「イランは今回のロシアのウクライナ侵攻への国連での非難決議を棄権、ブラジルは経済制裁には反対している。二ヶ国とも国防をロシアからの武器輸入に頼っている。急所をロシアに握られているから難しいですね」

それに対して稲山が頷《うなず》きながら言った。

「難しいですが、欧米とは違う立ち位置に日本はあります。対米追随は不変ですが、国との付き合いのあり方ではイランやブラジルとの距離は近い。そこを押さえながらここからオールジャパンで深く静かに二ヶ国に対して動くことだと思いますね」

それを聞いて峰宮が言った。

「総理にはそう伝えるとしましょう。あと米国のリンゼイ商務長官にも日本の事情を含みおくように言っておきます。彼とはＨＢＳの同窓で家族ぐるみの付き合いです。大統領の側近で信任も厚い。頼れる男です」

ＨＢＳとはハーバード・ビジネス・スクールのことだ。峰宮のエリートぶりがよく分かる発言で頼もしい。

来栖が言った。

「私もGラインで米国に押しておきます。米国産シェール原油・ガス増産を頼むことは各方面で忘れないようにしましょう」

その言葉に全員が頷いた。

そして稲山が言った。

「今こそIラインとGラインを使う時です。世界のパラダイムが変わった今は大きな意味を持ちます。そして日本の総合商社がここでワンチームとなって行動することの意味が、今ほど高まっている時はないと思います」

来栖がそれを受けて言った。

「永福商事の中に作った対露班、同様のチームを全社に作って頂き、それぞれが対露戦略のネットワークの核となって頂く。それがここからの難局を乗り切る術《すべ》だと思います」

そうして最後に全員が紹興酒で乾杯した。

「新たな世界の荒波で日本丸を沈没させない。その為《ため》に……」

稲山の言葉に皆が頷いた。

◇

丸の内、帝都商事ビル地下駐車場に、前後を警察車両に挟まれた二台のセンチュリーが滑り込んでいく。

先乗りのＳＰが出入口の安全を確認した後、首相と官房長官、経産相の三人が役員専用エレベーターに乗り込んだ。

エレベーターが開くと広大な皇居の緑が広がる大きな窓を持つ廊下が続く。その見事な景観には誰もが息を呑《の》む。廊下に敷かれている絨毯《じゅうたん》の毛足が長く歩きづらい。

「日本国のトップを呼びつけることが出来る存在……帝都商事社長とはそんなに偉いものなんですか？」

内閣改造で新たに抜擢《ばってき》された四十代の経産相が皮肉交じりで言った。

「歴代総理は就任すると先《ま》ず帝都商事を訪れる。それは戦前から続く慣習だが……今もそれだけの力が帝都商事にはあるということだ。日本のＧＤＰの三割は帝都グループによって生み出されている。その総帥《そうすい》が帝都商事社長だからね」

そして官房長官が自嘲《じちょう》気味に言った。

「我が内閣調査室より質量ともに勝る情報が内外から集まる帝都商事調査部……我々の方から訪れるのは理に適《かな》っているんだよ」

そういうものですかと、呆《あき》れたように経産相は言ってから顔をしかめた。

「それにしても歩きづらい絨毯だなぁ。これじゃあスピードが要求される商社マンが走って情報を伝えられないでしょうに……」

首相が笑った。

「同じことを私も言ったことがある。すると何と返されたと思う？　『このフロアーを走るような仕事を帝都商事はしていません。全《すべ》て想定内ですから……』だとさ」

経産相は目を丸くした。

そうして通された応接室の壁に掛かる巨大な絵画を見て度肝を抜かれた。

「あ、あれマチスじゃないですか⁈」

絵画に目のある経産相は思わず口にした。

すかさず官房長官が言った。

「帝都商事のコレクションで世界的美術館が作れると言われている。総額数千億の価値があるとされているからね」

そうして三人はイタリアンレザーの豪華な黒革のソファに腰を掛けた。

外には二人、中に二人ＳＰが立つ。

そんな自分たちの警固の陣容より帝都商事という存在の凄《すご》さに圧倒される思いだった。

そうして社長の峰宮義信が現れた。

「総理、官房長官、大臣。わざわざおいで頂き恐縮です」

その峰宮を海外ドラマで見る英国紳士のようだと経産相は思った。

「帝都商事さんからのお声掛けです。ロシアのウクライナ侵攻で一変した世界に対応する日本政府への貴重な情報を頂けるものと思って参りました」

峰宮はソファにどっかと腰を下ろすと脚を組み笑顔で話し始めた。

「日本で一番お忙しい政府首脳の御三方ですので本題に入ります。先ず我が帝都商事調査部が現状をどう認識し把握しているか……そこから申し上げます」

首相ら三人は身を乗り出した。

「中長期の戦略的観点からしっかりと考えておかねばならないのはロシアではなく中国です。中国にとって今回のロシアのウクライナ侵攻は〝大きな益〟しかない状況です。したたかにロシアの弱みに付け込んで……」

そこで峰宮はニヤリと笑い三人を見て、「こういうことが日本は出来ないんですよね」と言ってから続けた。

「ロシアを経済と軍事でがんじがらめにしてしまう……。そうして核ミサイル発射システムをロシア軍の中枢を買収して手に入れ中国の絶対安全を確保する。ロシアの軍のモラルは信じられないくらい低いですからね。ロシアはGDPで中国の十分の一、国土は日本の四十五倍ですが人口は日本より少し多いくらい、かつ少子高齢、おまけに今度の戦争で貴重な若者が大勢兵士として亡くなっていますから……人口減は加速、その過程で極悪非道な高利貸しと化す中国は骨の髄までしゃぶり尽くしてロシアを属国とし、ユーラシア大陸の大半を手に入れる。なんにしてもロシアには未来はないということです。ある意味プーシキン大統領が自暴自棄になるのは当然かもしれませんね。その人物が世界最大となる六千三百発の核弾頭を所有している。ですから戦術核とされる小型の核兵器、と言っても広島・長崎の十倍近い威力はありますが……そんな核を使うことも確率的に三十%くらいはあると見ています」

首相たちは緊張の面持ちになった。

「日本の安全保障戦略的にここでロシアを中国べったりにしてしまうのは極めて危険です。弱体化したロシアが狂犬のような国になってしまう。それを避けるのが政治です。表だけではない裏の政治……それこそが今日本に求められていると思います」

首相は訊ねた。

「具体的にはどうすれば良いのですか？」

峰宮は頷いた。

「総理は早急にインドに飛んで下さい。表向きは何でも結構です。真の目的は――」

三人はさっとその内容をメモに取った。

皆がメモを取り終わると峰宮は言った。

「日本はロシアの原油・天然ガス利権は決して手放さない。これは利権を持つ総合商社全社の総意です。政府もその方針は表でも裏でも堅持して頂きます」

それに補足して、峰宮はドイツがガス供給の半分以上をロシアに頼っている現状を話し、当面日本もロシアへのエネルギー資源の依存を続けると政府は表明して貰《もら》いたいと言った。

「表向きだけでなく、本音でもロシアの資源は必要ということでしょう？」

経産相が問うと、峰宮は微笑んだ。

「世界のパラダイム変化を見誤ってはいけません。最終的にはロシア側から供給を断たれても大丈夫なように日本のあり方を変えていく。それが対ロシアでの真の安全保障に繋がります。常に日本の力をロシアが見くびらないようにすること。それが肝心です」

経産相は驚いた。

（帝都商事とはこういうことを考えている存在なのか……政府が頼るというのが分かる）

峰宮は続けた。

「だがここでロシアを追い詰めることは危険です。ですから『日本はロシアを必要としている』としてちゃんと資源ではカネを回してやることです。今のロシアは疑心暗鬼の塊になっている。プーシキン大統領は孤立しています」

首相が声を潜《ひそ》めるように訊ねた。

「奥の院はプーシキン大統領を支持はしていないと？」

峰宮は無表情で何も言わない。

話の見えない経産相は首を傾《かし》げた。

（何だ？　奥の院って？）

だがそれがこの場でこれ以上踏み込んではいけないものだと政治家の勘で分かった。

首相は話題を変えるように言った。

「では、財閥系と非財閥系のトップでお纏めになった総合商社全社のお考えをお聞きしておきたいのですが？」

峰宮は笑顔になった。

「ロシアの原油・天然ガス利権はそのまま全て保持しつつ、表向きは日本のエネルギー安全保障として下さい。それでロシアを安心させておく。ですがロシアの代替が可能な方向に向けて、全総合商社はイランの原油・天然ガス、ブラジルの深海油田開発に本格的アプローチを行います。そして米国にはシェール原油・ガスの増産を頼み、政府にはこれらの動きを全面的にバックアップして頂きたい。エネルギー代替プロジェクトは全総合商社で深く静かに動きますので……そこはお含みおき頂きたい」

三人はメモを取って頷いた。

そして峰宮はおもむろに立ち上がり「総理と少しの間だけ二人きりにさせて頂きたいのですが……」と次の間へ続くドアを指さした。

首相は官房長官と経産相に「分かったね」と言い、ＳＰにもここにとどまるよう指示した。

そうして二人は隣接する部屋に消えた。

そこには永福商事の来栖和朗前社長と帝都商事調査部特別顧問の稲山莞爾が待っていた。

「奥の院の話をするのは総理お一人だけ。それは戦後七十年守られて来たルールですので」

峰宮がそう言うと首相は申し訳なさそうに頷いた。

「そうでしたね。先ほどは迂闊《うかつ》でした。同じ派閥で気心の知れた二人でしたので……つい」

峰宮は真剣な表情を変えずに厳しい口調で「厳守願います」と言った。

そうして来栖が口を開いた。

「今ほど日本の立場が問われている時はありません。戦後与党政権が堅持して来た対米追随の姿勢とそれを裏打ちする冷戦状態の維持という前提が壊れようとしています。その中で日本の政治の本質がどう動くかということになっています」

首相は訊ねた。

「奥の院はプーシキンを止められなかったのですか？」

奥の院は沈黙していますと稲山が言った。

「ですが潰《つぶ》されてはいません。我々は信じています。奥の院の力、そしてIライン・Gラインの存在意義を……」

◇

週末、青山仁の自宅は賑《にぎ》わった。

ナターリヤとマリヤの母娘《おやこ》を招いてのホームパーティーが開かれたのだ。

そこには池畑大樹の家族も来ていた。

池畑と妻の真由美と娘の真樹、そして仁の妻の美雪と息子の悟、総勢八人が揃《そろ》う。

車椅子《くるまいす》のナターリャの世話を中学で障碍《しょうがい》を持つ生徒の面倒をみて慣れている美雪が、テキパキやるのに仁は感心した。

（実存、実存と言葉だけじゃなくて……ちゃんとやるよなぁ）

池畑夫妻は大阪の粉もんを食べさせるとお好み焼きの道具やたこ焼き器セットを持参して朝から準備をしてくれた。

一方の仁は得意のカレーを前日から作って待っていた。

「締めはカレーライスだから粉もんだけでお腹《なか》を一杯にしないようにね」

するとお好み焼きを焼く真由美が言った。

「なんや大阪が下に見られてるみたいで感じ悪いなぁ」

仁は慌てて首を振った。

「そ、そういう意味じゃなくて色んなものをみんなで楽しく食べましょうと……」

真由美は「冗談ですぅ」と笑った。

池畑は会話の全てをナターリャに訳して話す。だがもう日本に慣れているナターリャは雰囲気で全てを理解出来ていた。

「ミスターアオヤマのカレーは本当に美味《おい》しかった！　またあれが食べられると思うと嬉しいです」

戦火のウクライナで食べた仁のカレーライス、それはナターリャにとっての命の味でありその後の自分と娘の人生を変えたものだ。

ナターリャはテーブルの上に揃えてある見たこともない道具や料理の数々に驚く。

「あれはピザ？　クレープ？　でも……こちらは？」

大きな金属のへらを使ってひっくり返されるピザのような食べ物は、何となく分かる気がするが……クレータのような丸い穴の並ぶ道具から一体何が出来るのか想像がつかない。

池畑はワイフの地元のソウルフードなのだと語る。

マリヤは目を輝かせて料理が出来るのを見詰めている。仁の息子の悟も自宅で初めてのお好み焼きやたこ焼きに大興奮だ。

「凄いね！　お父さんの会社のお友達は！　家の中がフードコートみたいだ！」

するとと真由美が言った。

「せやろ。凄いやろ。美味しいでぇ！　ぎょうさん食べてや！」

その関西弁を聞いて今度は「テレビみたいだ！」とまた喜ぶ。

真由美が「私はお笑い芸人ちゃうで」と言うと池畑が「同じだよ」と突っ込み笑わせる。

それは本当の漫才のようだ。

だがナターリャの胸中は、そんな楽しい雰囲気の中にいても複雑だった。

毎日目にするウクライナの惨状からは、どんなに自分たち母娘が安全なところにいようと心が逃れられず落ち着くことはない。

だが今この状況を……娘のマリヤは心から楽しんでいる。ウクライナのことを忘れられる時間が、安全な異国の地で得られていることに感謝しなくてはと思った。

「さぁ、焼けたでぇ！」

お好み焼きが出来上がって、真由美がソースをぬってマヨネーズをかけ削り節や青のりを振りかける。

「……」

ナターリャとマリヤは分厚いクレープにグレービーソースのようなものが一面にぬられマヨネーズでその上に抽象画が描かれていく様子を見詰めた。そこに木の屑《くず》のようなものや緑の粉がトッピングされていく。

それが切り分けられて出された。

「‼」

想像した味とは全く違うが美味しい。

マリヤも「オイシイ！」と覚えた日本語で言う。

「そやろ、私のお好み焼きは日本一やで！」

そう言って真由美は次にたこ焼きに掛かる。

長い針のようなものでクレータから次々に美味しそうな山が生まれていく。

お好み焼きを口に入れながらマリヤも興味津々で見つめる。

焼き上がってソースや青のりをかけナターリャとマリヤの皿に置くと真由美が言った。

「中がめっちゃ熱いから気いつけてや」

池畑が訳して慎重に食べるように促す。

「うちが小学生の時、同級生の男子がたこ焼き呑み込んで喉《のど》を火傷《やけど》して入院したことがあったんや。朝礼で校長先生が『たこ焼きを食べる時は気をつけるように』と注意したんやで」

皆はそれを聞いて呆れた。

「大阪って本当にお好み焼きやたこ焼きをごく普通に食べてるんですね！」

美雪が言うと真由美がたこ焼き器を指さして「これは一家に一台あるからな」と言ってさらに驚かせる。

ナターリャはたこ焼きを食べてみて、お好み焼きと似た味だがまた微妙な美味しさの違いがあることが分かって口にした。

「そやろ！　それが分かったらあんたは立派な関西人やで！」

そう言って笑わせた。

ナターリャは既に永福商事でロシア語やウクライナ語の文章の翻訳の仕事をしていたが、仕事も含め職場の人たちが自分たち母娘に親身になってくれることが本当に嬉しかった。

それを口にすると仁が言った。

「助けて貰っているのはこっちの方。それに皆楽しんでいるしね」

そうして粉もんを食べ終わると仁がカレーライスを皆に振舞った。

ナターリャもマリヤも大喜びだ。

「美味しいなぁ……シンプルやのにこんな美味しいカレーが作れるって……青山さん凄いなぁ！」

食べた真由美が感心して言う。

「そうなんです。この人のカレーは本当に美味しいんですよ。普通の家庭のカレーなのに何故《なぜ》か特別な美味しさがあるんです」

美雪の言葉に仁が「愛情が入ってるからね」といつもの台詞《せりふ》で皆を笑わせる。

そうしてカレーを食べ終わると、美雪が焼いたアップルパイが出された。

「お好みでアイスクリームをトッピングするから遠慮なく言ってね」

そうやってデザートをそれぞれ珈琲《コーヒー》や紅茶で味わいながら談笑が続いた。だが決して戦争の話はしない。それは暗黙の了解のようになっていた。

仁は息子の悟がマリヤのことが気になっているのが分かった。

(可愛《かわい》いもんなぁ)

だが、と仁は思う。

(ついひと月前……マリヤはカラシニコフを握っていたんだ)

そんな話は悟にはしていない。

その時だった。

「悟くん、マリヤちゃんをお嫁さんに貰《もろ》たらどないや?」

真由美の言葉で悟がエッと驚いた。

仁と美雪はニヤニヤするだけで何も言わない。悟は赤くなっている。

「あっ！　やっぱりマリヤちゃんのこと好きみたいやな」

悟は真由美の言葉に下を向いてじっとしている。マリヤは何を話しているかは分からずアイスクリームを食べて嬉しそうだ。

ナターリャは池畑が訳してくれる一連の内容を聞きながら、心がなんとも温かくなっていくのを感じて言った。

「日本に来て良かったです。本当にミスターアオヤマには感謝……?!」

その時、砲撃音が連続しナターリャは我知らず大声で叫んだ。

全てが夢だった。

ナターリャはそう思った。

母の叫ぶ声でマリヤはテーブルの下に潜《もぐ》り込んだ。

「……」

池畑も真由美も美雪も悟も、一体何が起こったのか分からず凍ったようになった。

仁だけが震えているナターリャ母娘とその瞬間を共有出来ていた。

仁は優しく言った。

「二人とも……大丈夫だよ。あれは花火だ」

近くのテーマパークが夕刻になると打ち上げる花火の音だった。

それがナターリャ母娘には砲撃の音にしか聞こえなかったのだ。

平和と喜びの象徴のような花火の音、それが戦火を逃れて来た者達には殺戮《さつりく》の音としか聞こえないのが戦争の残す深い傷の証拠だ。

「ありがとうございました。今日のことは一生の思い出になりました」

ナターリャは仁と美雪、悟にそう言った。

カレーとアップルパイをお土産《みやげ》に持たされ、池畑家族とともに仁のマンションを後にした。

「戦争って大変な実存なんだね」

全員を見送った後で美雪が呟《つぶや》いた。

仁が頷く。

「そうなんだ。俺《おれ》もその実存に触れて分かったよ。絶対にやってはいけないもの。それが戦争だということが……」

仁たちはこれから対露班を動かす。日本の総合商社を束ねてロシアのウクライナ侵攻を止める為の活動をするのだ。

「日本って本当にどういう国なんだろうね？　これからの世界で日本はどうなるんだろう？」

その美雪の言葉が仁に刺さる思いがした。

「自分たちの立場で頑張るしかないよね。目標や目的は戦争のない世界だけど……自分の出来ることをやれる範囲でやるしかない」

仁の言葉に美雪は頷いた。

「そうね。やれることをやるしかないね」

◇

翌週、対露班はミーティングを持った。

「日本の総合商社がこの戦争を終わらせる為にやれること、やるべきこと。それは我々が最も得意なことで見せることです。日本の総合商社の持つ力の……」

稲山綾子はそう言った。

「総合商社の得意技……モノを動かすということですね?」

青山仁の言葉に稲山は頷いた。

「全総合商社に対露班が作られます。それぞれがネットワークの核となってオールジャパンで動きます。各社の得意分野を活《い》かしながら勝負することになります」

そうして仁と池畑に指示を出した。

「青山課長は高井専務とインドネシアに飛んで貰います。池畑課長は来栖顧問とインドへ」

二人は驚いた。

「どちらもエネルギー絡みの案件です。動ける限り動く、動かせる限り動かす。大先輩とのタッグです。存分に働いて来て下さい」

「君とは腐れ縁やな」

仁は専務の高井と成田空港のラウンジで落ち合い、ビールを飲んでいた。

仁は高井によって過去に穀物部から肥料部へと異動させられ、そこからバンコク、フィリピンで仕事をして来た。全てそのバックには高井がいた。

「それにしてもロシアはえらいこと始めよった。これで世界のビジネス環境が根底から変わったわな」

高井の言葉を仁はじっと聞いていた。

「根底から変わったとなると……全く新しい視点が必要になるわな。その辺りをミスター永福はちゃんと分かってるちゅうこっちゃな」

ミスター永福とは来栖のことだ。

嘗《かつ》てカミカゼ班という組織を率いて日本の総合商社のあるべき姿、真の競争力を追求して来たのが来栖だとされている。

高井の来栖への信頼は厚い。

「ミスター永福は今我々の対露班の顧問です。その意味では商社マンらしいフットワークの軽さがありますね」

高井は頷いた。

「そや。商社マンは腰の軽さと頭の柔らかさが勝負や。ある意味、今はオールジャパンでこの状況を乗り切らんとならん。そう考えたら直ぐに動く。そのフットワークこそが永福の、商社マンの、来栖さんの最大の強みやな」

仁は訊ねた。

「高井専務もフットワークの発揮ですね？」

そやと高井は微笑んだ。

「専務や役員やいうて本社でどっかと座ってられる場合やない非常事態や。こういう時に動くのがほんまの役員ちゅうもんや」

そして仁をじっと見て言う。

「これまでのわしの、そして君の、東南アジアのネットワークを全部駆使してこの状況を変えるんや。ええか、考えてから動くんやないで。あるもん、使えるもんから考えが浮かぶもんや。そういうことがここからは大事やで」

なるほどという表情を仁はした。

「それで専務はインドネシアで何をされるんですか？」

その仁に高井は逆に訊ねた。

「インドネシアのビジネスちゅうたら永福にとっての一番は何や？」

仁は間髪を容《い》れず、天然ガスですと答えた。

「その天然ガスを動かしてるのは誰や？　そして何が天然ガスを動かす？」

仁は少し考えて言った。

「今の大統領ですね。なんといっても」

するど高井は大きく頷いた。

「わしの大事な人脈や。そこを先ず動かす」

流石だなと仁は思った。

「それで？　天然ガスを動かすもんは何や？」

高井は訊いて来る。

ここは対露班としての回答を出さなくてはならない。

「青山君。風が吹けば桶屋《おけや》が儲《もう》かるや」

それがヒントになった。

「ＬＮＧ船！　それを押さえる？」

高井はその通りと頷いた。

「ロシアは経済制裁ではなんやかや言うても日本より欧米を見とる。中でもドイツの動向は一番気になる筈や。そのドイツのロシアへのガス依存を落とす為に日本が助けるんや。それが今回のインドネシアでのミッションや。出来る限りのＬＮＧ船を押さえてドイツに回したる。そうすることで欧州での日本の評価が上がる。回り回ってエエ風がこっちに吹くことになるんや」

仁は高井にそれは来栖顧問の考えなんですねと訊ねた。

「来栖さんからわしが訊かれたんや。高井さんなら何が出来るかと。わしの出来ること、やるべきことを考えてくれ、やってくれとな。そしたらこれが浮かんだ」

仁は来栖の大きさに気がついた。

（そうか！　人を使うとはこういうことか！）

高井は言った。

「おんなじことをわしは青山君に言うわ。君の東南アジアコネクションでやれること、〝てなもんや〟ちゅうとこ見せたってくれ」

仁には意味が分からない。

「てなもんやって何ですか？」

高井は笑った。

「こういうこっちゃ、こういうことです。英語で言うThat's itや」

なるほどと仁は理解した。

「じゃあ、僕の〝てなもんやコネクション〟で頑張ってみます」

高井は「おっ！　エエな！　〝てなもんやコネクション〟って」と感心するのだった。

仁はインドネシアとタイで高井と行動をともにした後、単身フィリピンに入った。

仁の商社マン人生を変えたアクロスＮＦ、久しぶりに訪れるのに空港からタクシーに乗り込んだ。

永福の子会社でフィリピン最大の肥料会社、従業員数は六百人……仁の奮闘で大きくなった会社だ。そしてそこでの勇み足から懲戒免職どころか、背任で訴えられるところまでやってしまったのもこの会社だ。

「あの時は池畑も巻き込んだもんなぁ」

ともにＮＦタワーから飛び降りて死ぬ寸前まで追い詰められた。

その池畑一家も招いての先日のホームパーティーを思い出すと、温かく楽しい時間がそこにあった。

「ナターリャとマリヤとあそこで出会ったのは戦争があったからだ。戦争がなければあの母娘と一生会うことはなかった」

そう考えると人生の、そして世界の不思議を思わざるを得なかった。

この数年で世界は激変した。

新型コロナウイルスのパンデミックで世界は一変しビジネス環境は大きく変わった。

そしてロシアによるウクライナ侵攻でさらに世界は変わることになった。

「変わる。変わる。変わる……。ウイルスが変えた世界を人間がさらに変える。一体ここから何が起こるのか?」

車窓の外の見知っている筈のマニラの風景が違ったものに見える。

「対露班……」

仁は呟いてみた。

日本の総合商社がこの戦争を止める為にオールジャパンで動く。

仁は高井がインドネシアやタイで、帝都商事や丸藍などライバル商社の人間たちと様々に打ち合わせ、それぞれの繋がりのある政府関係者や現地企業との交渉を力強く行う姿に感動を持って見ていた。

「エエか、青山君。腐っても日本の総合商社や。あらゆるもんをあらゆるところであらゆるところから動かす力を皆持ってる。それを結集させたらどえらいことが出来るねんでぇ」

その高井の言葉が忘れられない。

「ロシアの戦争を終わらせる?!」

アクロスNFのフィリピン人の社長は仁の話を聞いて驚いた。だが真剣な顔つきに変わって言った。

「ロシアのウクライナ侵攻はフィリピンでも大きな衝撃になっています。南沙《なんさ》諸島への中国の進出がどこかで武力衝突に発展する可能性がこれで高まったと懸念が広がっているのは事実です」

仁はだからここで戦争を終わらせる行動を、各国の政府や企業が取らなければならないのだと説明した。

「世界は環境で出来ている。ビジネスも環境で出来ている。だがその環境は人間にとって良いものでなければならない。戦争はビジネスの大きなチャンスでもある。だが日本は、政府も企業も、それをそうは取らない。安心安全な環境でビジネスの成立を目指すことがなくてはならない。それを我々は示そうと思ってるんだ」

受け売りだがその仁の言葉は社長に響いた。

「それで？　アクロスＮＦは何をするんですか？」

仁は頷いてから訊ねた。

「アクロスＮＦが持ってる工場沿岸の漁業権はまだ政府に貸与したままだよね？」

コロナ禍で滞った大量のコンテナ船の停泊の為に、政府の要請に応じて貸し出したのだ。

「停泊しているフィリピン籍のＬＮＧ船、中国向けのものをドイツ向けに変えさせるよう政府に働きかけて欲しいんだ」

社長は驚いた。

「今、中国はコロナで各都市がロックダウンしてガスの国内需要は激減している。中国も停泊で無駄金を払うより良いと考える。渡りに船の筈だよ」

仁は笑顔でそう言った。

◇

池畑大樹は来栖和朗とともにニューデリーにいた。

永福商事の前社長でありレジェンドとされている来栖との出張は、池畑にとって貴重な体験になっていた。

来栖は自らに問いかけるように池畑に質問をぶつけて来る。

「我々が今考えなければいけない日本という国、その真の国益とは一体何でしょうね？」

当然のことながらロシアのウクライナ侵攻の状況を踏まえ、その戦争を終わらせようとする自分たち対露班を踏まえての問いかけになる。

「総合商社が日本の国益を担うという意味からすればエネルギー資源の無い日本がどう資源を調達するか、そのルートを確保するか、まさに経済安全保障に関《かか》わるその点が一丁目一番地だと思いますが？」

池畑の答えに来栖は頷く。

「池畑さんは短期・中期・長期という観点からはどんな認識をそこに持ちますか？　経済

安全保障の確保という点から」

来栖は必ず丁寧に訊ねる。どんなときにも上からという態度に出ない。

(それが逆に凄みを感じるな)

池畑はそう思いながら回答を口にした。

「短期的には日本が必要とする原油・天然ガスという化石燃料の輸入依存分を不足なく確保すること。中期的には化石燃料の輸入先の分散による安定供給の確保。そして二酸化炭素を含めたゼロエミッション代替エネルギーへの転換の促進。長期的には完全な持続可能エネルギー社会への転換を、需給それぞれの面から進めていくことだと考えます」

来栖は頷いた。

「池畑さんの国益は全て表の、どこへ出しても恥ずかしくない美しいものですね。では裏で国益を考えるとどうなるでしょうね?」

エッという表情になって池畑は来栖を見た。

するとと来栖は言う。

「我々は常に表と裏を考えて行動しなくてはなりません。裏といっても賄賂《わいろ》や汚職、反社会勢力との関わりなどは言語道断、絶対に行ったり関わってはならない。いかに日本をしたたかにするか、それが裏の持つ意味です」

そこで池畑は思い出した。

「来栖顧問とこうしてインドへの出張となったのは……裏ということですね？」

池畑は何故《なぜ》インドなのか目的を聞かされていなかった。

来栖はその質問に対して質問で答える。

「もし裏だとしたら？　どういうことを池畑さんは考えます？」

インドはロシアとの関係が悪くない。

（悪くないどころか武器輸入はロシア頼み……国連でも欧米のロシア非難には同調しないのは当然。その国に今日本が裏を作りにいくとするとどういうことだ？）

裏という言葉には様々な意味がありそうだと思いながら……池畑は敵と味方という言葉が頭に浮かんだ。

（敵と味方……インドの敵は中国。この状況でインドは中国に利する状況を作りたくない。そしてロシアに明確に反することはロシアの味方としてはしたくない。それを裏で考えると……インドはロシアのウクライナ侵攻で中国が得をすること……つまりロシアが中国にすり寄って完全に手玉に取られることは一番嫌な筈だ）

一つの結論が出た。

「欧米の経済制裁で、ロシアにとって最大の輸出品であるエネルギー資源の売先が細ってしまった。中国はその気になればそれを全部引き取ることが出来ますね。だがそれはロシアの中国への経済的従属に繋がってロシアにとっても決して気持ちの良いものではない。

背に腹は代えられないとなれば別でしょうが……もし、もしインドがエネルギー資源を買ってくれれば、ロシアにとってこれほど有難いことはない」

来栖はじっと聞いている。

だが、と池畑は思う。

（インドも国際社会の一員、欧米寄りの国としてここでロシアに助け舟を出していると喧《けん》伝《でん》されるのは困るだろう……）

そこで〝裏〟という言葉が浮かんで来る。

あッという風になって池畑は言った。

「裏でアメリカが、それをインドに認めるとすれば……アメリカにとっては……ここでロシアが中国に従属する方向に行くことは中長期で決して望むものではない。絶対に避けたいところですね？」

来栖は頷いた。

「インドにロシアから原油・天然ガスを購入させる。場合によっては色をつけて日本がそれを引き取る。そういう複雑なロジスティクスを機能させられるのが日本の総合商社の力です。私はインドの政府首脳、エネルギー関連企業のトップと会って根回しをするつもりです。そして総理が後でインドにやって来て全てが政府単位で纏まる筈です」

池畑は感心した。

「モノを動かす力に関しては、日本はまだまだ世界のトップレベルにあるということですね？　総合商社の力があれば……」

　来栖は頷く。

「モノの動きには裏もあるということです。表だけではなく裏も動かしてこそ、この世界のバランスは取れる。善悪二元論は危険です。利益というものは便利なんですよ。二元論では不可能なバランスを、様々な形で取ることが出来ますからね」

　ですが、と来栖は表情を引き締めた。

「ロシアのやっていることは絶対に続けさせるわけにはいきません。何故なら世界が破滅しかねない。戦争は全てを狂わせる。戦争による剝《む》き出しの感情……怒り、憎しみ、恐怖が……世界を支配してしまうのを絶対に止めなくてはならない。第三次世界大戦は絶対に止めなくてはならない。止める為に人類全てが行動しなくてはならない。どんな人間も自分の立場で、出来ることで、行動しなくてはならないのです」

　池畑はじっとその来栖を見た。

「私が話を纏めた後の実務を池畑さんにやって貰いたいのです。全ての総合商社、オールジャパン内の役割分担など……あなたの裁量でお願いします」

　了解しましたと池畑は言った。

「私は話を纏めた後で欧州に飛びます。あなたは差配し終わったら東京に戻って下さい。

また直ぐ新しいミッションが待っている筈ですから……」

そう言って微笑する。

「どちらへ行かれるのですか？」

そう訊ねた池畑に来栖は言った。

「それは訊《き》かない方が良いですね」

その微笑みに池畑はぞくりとした。


五日後。

来栖はスイス、チューリッヒにいた。

中心街にあるサボイ・ホテル・ボー・アン・ビルのダイニングルームで朝食をとるとホテルの玄関からメルセデスのタクシーに乗り込む。住所を告げると石畳の市街地を走り出した。

三十分ほどでその場所に着いた。

スイス最大の銀行、スイス・クレジット・ユニオン・バンク（ＳＣＵＢ）の特別施設だ。

二万坪の敷地の中に多目的ホールやグラウンド、テニスコートなど行員の研修やレクリエーションの施設が設けられている。

ゲートでチェックを受けて正門を過ぎると芝生の庭園が続く。そこかしこに展示されているステンレス製の現代彫刻が光を反射させて来る。

ガラスとアルミ、そしてコンクリートを組み合わせた建物の前でその人物は待っていた。

ＳＣＵＢの頭取、リヒャルト・カッツだ。

「ミスタークルス。遠路はるばるご苦労様です」

互いにマスク姿で肘《ひじ》と肘で挨拶をすると来栖は言った。

「ミスターカッツ。ＳＣＵＢの頭取にここに来て頂くことの意味はご存知《ぞんじ》ですね？」

カッツは当然ですと頷いた。

「当行の歴代頭取の口頭でのみの申し送り事項です。日本に同じようなことがあると聞きました。確か……一子相伝？」

その通りですと来栖は微笑んだ。

「彼は？」

既にいらしていますとカッツは答えた。

カッツのオフィスまでの長い廊下を二人は話しながら歩いた。

「スイスが中立を破って経済制裁に参加……ロシアのウクライナ侵攻の途轍《とてつ》もない歴史的意味がありますね」

来栖の言葉にカッツは頷いた。

「欧州は何百年も血みどろの戦いを繰り広げて来ました。それを止めようということでユーロは誕生し、それ以前から我々スイスは永世中立国として、平和目的のバランスの為に存在を続けて来ました。それが踏みにじられた訳ですから……」

来栖は改めてことの重大さを認識した。

「スイスの永世中立は銀行の存在、プライベート・バンキングによって担保されてきた。世界の政治・経済を動かす者達の金庫を管理することで国の安全保障を維持して来た。その銀行が今回のロシアには制裁を科すという……国の根幹に関わる重大事だと？」

大変な決断でしたとカッツは言う。

「やはりここから奥の院が重要だということですね？」

来栖の問いにカッツは頷いた。

そしてカッツのオフィスに着いた。

「やぁ、来栖さん。御苦労さまです」

稲山莞爾が待っていた。

GラインとIライン、日本と世界の安全保障を結ぶラインの結びつきがそこにある。

第六章　兵糧攻め

「ロシアという国の経済を本当に理解しておかないと、この戦争を終わらせることは出来ません」

外務省旧ロシア支援委員会の委員長が冒頭でそう言った。

全総合商社内に設置された対露班、その班長による全体会議がリモートで開かれ稲山綾子も出席していた。そこでこれまでのロシア経済に対する日本の関《かか》わりについての説明がされたのだった。

旧ソ連が崩壊して間もなく欧州復興開発銀行が対ロシアプロジェクトを始動した。具体的にはロシアに新しい産業を興し起業を盛んにし上場による利益でのイグジットを目的とした幾つかのファンドの設立だった。

そのうち最大のものがハバロフスクに設立された極東ファンドで五百億円……欧米や日本企業チーム計十社からプロポーザルを受けて、日本の大手証券会社である徳和《とくわ》証券がコンペの結果獲得した。徳和証券は取引先企業を極東地域へ誘致し、ロシア企業とジョイントでビジネスを立ち上げるのを目論《もくろ》んだ。

「ですが……このファンドは頓挫《とんざ》しました」

そこからの説明で、ロシアという国に資本主義や市場経済が根付かない理由が明らかにされていく。

「先《ま》ずあの国で大企業というものが魑魅魍魎《ちみもうりょう》のような存在だということです」

ある参加者が質問した。

「経営や財務の透明性に欠けるということですか？」

その通りですと委員長は答えた。

「先ず企業の統治実態が分からない。社長とオーナーが違います。そしてさらにその奥に――」

真のオーナーが隠されていると言う。

「真のオーナーはマフィアです。つまり暴力装置を備えた存在ということ」

その言葉に皆が緊張を覚える。

「ロシアでは様々な経済分野がマフィアに支配されています。財務の透明性はそんな国では邪魔ですから、外部の人間がその実態を知ることは出来ない。企業の帳簿は三種類あると言われています。本当の帳簿と真のオーナー向けの帳簿、そして税務当局向けの帳簿……」

それで成り立っているのがロシアの大企業だと言うのだ。

「財務の透明性など期待出来ないわけですから……正確な財務諸表が要求される株式市場への上場など出来る筈《はず》がありません。ファンドが頓挫するのは当然だった訳です」

委員長は続ける。

「そんなロシアの税収は企業活動からは望めず、天然資源を外国に輸出して得られる収入だけです。収入は国とマフィアと従業員に配分されますが……その割合は推して知るべし」

それでも日本政府は外務省の外郭団体として支援委員会を立ち上げ、ロシアの市場経済化に向けて援助し続けたと言う。

「マフィアとは一線を画す民間の草の根レベルで真の経済化・企業化を支援しようと定期的にセミナーを実施し、日本語教室も組み込んだ活動を行って来たのです」

その為《ため》の拠点となる日本センターがロシアに六ヶ所もあると言う。モスクワ、サンクトペテルブルグ、ニジニノヴゴロド、ハバロフスク、ウラジオストク、サハリン。

「日本センターでのセミナーは四日間。元商社マンの講師によるマーケティング講義、元銀行マン講師による金融・財務の講義が行われます。参加定員は四十人、うち十人は後に日本へ招いて一週間の追研修を受けられる仕組みです。過去二十年で延べ七千人が参加し、多くの日本シンパを作って来ました」

その費用は政府外郭団体として治外法権的に使えて来たという。

「多くのシンパたちはプーシキン大統領によるウクライナ侵攻に対して批判的だと思われます。草の根の彼らを動かすことでこの戦争を終わらせる動きを市井から作り出すことは出来る筈です」

稲山が訊《たず》ねた。

「シンパたちとは連絡が取れているのですか？」

委員長は取れてはいるが、当局による検閲がある為に反政府的な内容のやり取りは出来ないとした。

「本音で語り合うことはネットでのやり取りでは不可能です。通話もメールも全《すべ》て監視されているのが今のロシアの実情ですから……」

稲山は了解するとしながら、シンパのメンバーたちのプロフィールやメールアドレスの記されたファイルを委員長から入手したいと申し出た。

「反戦争の草の根活動は絶対に必要になります。ここぞと言う時に核になる人たちを知っておくことは重要だと思います」

委員長は稲山にくれぐれも取り扱いに注意して欲しいと念を押した。

「ご懸念には及びません」

そう稲山は自信を持って告げた。

（シンパたちを使う時が来る。彼ら彼女らの絶対的な安全を担保した上で使う時が……）

「ロシアという国をどう取り扱うか……総合商社オールジャパン対露班、ビジネスにたずさわる者たちとして戦争を終わらせるというミッション・インポッシブル達成の鍵《かぎ》を見つけるのは難しいですね」

永福商事社長の和久井貞雄は、稲山の対露班全体会議の内容説明に対してそう言った。

「社長のおっしゃる通りです。ビジネスという点からは欧米と同調しての制裁でロシアビジネスからの撤退以外に考えられませんが、そもそも実態は経済的鎖国をしている国です。天然資源の輸出が出来ないのは痛いでしょうが、長期に亘《わた》って国を維持することは可能です。食料自給率は高いですから簡単に国民が飢えることはない。そんな国に戦争を止《や》めさせるには国内の反戦世論を喚起させることだと考えます。その意味で日本シンパのビジネスマンたちの存在は潜在的に反戦世論形成の核となりうる。経済パルチザンとして……」

和久井は少し考えてから訊ねた。

「対露班はどうやってそのシンパを動かすつもりですか？」

稲山はあるアイデアを話した。

「欧米企業が経済制裁として撤退したことによるロシア国民へのマイナスの影響がどれほどのものかを、定性定量の両面からまとめた資料を提供しようと思っています。ロシアにとって今の状況がどれほど悪い影響を国民に与えているかということの……」

なるほどとしながらも和久井は訊ねた。

「でも情報統制がされているロシアにそんな情報を簡単には届けることは出来ないでしょう？　受け取るシンパにとっても危険なことになる」

稲山が微笑した。

「帝都商事調査部が暗号化ツールを提供してくれることになっています。通常の素数を使っての暗号文章に表向きはなっている為に、ロシア当局ならそれほど苦労せずに解読出来るものだそうです」

和久井は話が読めない。

「簡単に解読されたら駄目じゃないですか？」

そこがミソなのだと稲山は言う。

「暗号化文章として解読すると別の文章が現れる仕組みになっているんです。ビジネス上で守秘義務が必要とされる内容と思われるものをわざと入れておく。しかし別の特殊な鍵を使うと全く別の本物の文章が現れるものなんです」

和久井は理解した。

「なるほど流石《さすが》は帝都商事ですね。情報の検閲が予想される国との企業機密のやり取りに長《た》けているだけのことはあります」

稲山は笑った。

「今回オールジャパンのミッションということで提供して貰《もら》えることになっています」

和久井は帝都商事の峰宮社長に礼を言っておくと、微笑《ほほえ》んだ。

「来栖・池畑コンビと高井・青山のコンビはしっかりやってくれているようですね？」

和久井は来栖や高井から連絡を受けたと話した。

「はい。インド政府はロシアから原油を購入すると内諾をくれたようですし、フィリピンのLNG船をドイツに回すことも見通しがついたということです。来栖顧問や高井専務の洞察と行動力は見事です。ロシアの弱みにつけ込んで中国がエネルギー資源を押さえてしまうというアメリカにとって最悪のシナリオを裏から回避させることや、ドイツのロシアへのエネルギー依存低下に向け日本が貢献することは、今後欧米が対日ビジネスを考える際の大きなアドバンテージにもなります。まさに商社マンが強力な戦力となっているものだと感じました」

稲山は誇らしげに語った。

そこで和久井はさらなる動きについて話を進めた。

「エネルギー関連からこの戦争を終わらせる為に、日本の総合商社が出来ることはやれていると思います。次は武器関連でやれること。ロシアの戦争遂行を難しくしてしまう為の動きですが……」

そう言ってじっと稲山を見た。

稲山はその和久井に不敵な笑みを見せた。

「父、稲山莞爾が海外出張しましたが……それとの関連があるのでしょうか?」

和久井はイエスともノーとも言わず、

「来栖も出張中ですね」

とだけ返した。

二人ともそれが、Iライン・Gラインの持つ大きな何かについてのことだと理解していることを確認した。

「来栖顧問が戻られてからご報告を待ちたいと思います。そして父からも……対露班班長として報告を受けます」

和久井は頷《うなず》いた。

「吉報を待ちましょう」

◇

「人遣い荒いよなぁ……」

青山仁は溜息《ためいき》をついた。

フィリピンでのLNG船調達の取りまとめに成功したと本社に連絡を入れた直後、台湾に飛ぶよう班長の稲山から命じられたのだ。

「池畑課長もインドでの仕事を終え次第、台湾に向かって貰います。お二人にやって貰いたいことがあります。台湾でのミッションについて青山課長は高井専務からリモートでレクチャーを受けて下さい」

仁は台北《タイペイ》のホテルにチェックインした。

妻の美雪にラインを入れて「いつ帰れるかは全く見えない」と伝えた。

美雪はただ「頑張って」とだけ返して来た。

「何を頑張るのか分からないけど……戦争を終わらせることに繋《つな》がるなら頑張らないとなぁ」

台北の空港からホテルまでの景色の中で、仁はなんとなく行き交う人々が緊張しているように見えた。

「ウクライナの次は自分たちじゃないかと思うのは分かるよなぁ」

中国による侵攻の脅威、それは台湾にずっと存在し続けているのだ。

仁は日本のことを考えた。

戦争に関係しないことが所与のようになっている日本に生まれ育った者たちにとって、自分の国が戦争に巻き込まれることなどリアルに想像が出来ない。

仁は自分が本当の戦争を体験した稀《まれ》な日本人であることを改めて考えた。

砲弾が炸裂《さくれつ》する音、硝煙と血の入り混じる匂《にお》い、腕に抱いた子供の死体の感触……。

「あれを体験すれば絶対に戦争なんかしちゃいけないと思う筈だ」

日本人の反戦意識は、敗戦から年月を経て土台が緩んで来ているように仁は思う。

「外国が攻めてきたら米国が助けてくれるという人任せの安全保障に慣れ切って『自分たちは戦争には巻き込まれたくありません』と主張するだけで何も行動しない。真剣に現実の戦争というものを捉《とら》えて考えることをしない。戦争という言葉だけで議論することをタブーにして思考停止して来た」

だが、と仁は思う。

「世界は変わった。先ずコロナが変えた。パンデミックは人の日常を変えた。ロックダウンや行動制限……非常事態というものを日本を含む世界の全ての人間が体験した」

そして起こったロシアのウクライナ侵攻。

「第二次世界大戦後の欧州で最大の戦闘。色んなメディアで流される惨状の数々……。今の日本人がリアルに戦争を感じた初めての体験だろう……」

仁は現実の戦争の真っ只中《まただなか》を経験した。それが自身の戦争への考え方を決めた。

「戦争は絶対にやってはいけない。一刻でも早く終わらせないといけない」

対露班が作られて、自分がその中で活動していることに高いモチベーションを感じている。

ホテルの窓の外の台北の景色を見ながら、その意識を強くした。

仁は食事をしに外に出ることにした。

「そうだ。名物の夜市《ナイト・マーケット》で食べよう」

場所をコンシェルジュに聞いて、台北の街をぶらぶら歩いた。

「なんか良いなぁ」

懐かしい感じがする。

「ちょっと昔の日本の風景のようだなぁ」

夜市の屋台街には独特の賑《にぎ》わいがある。

コロナの影響で客たちの間にソーシャルディスタンスは取られているが、立ち並ぶ看板の輝きが蠱惑《こわく》的な魅力を発している。

「さて、何を食べようかなぁ」

目移りする様々な屋台料理を見比べながら歩くと、一際目立つ屋台があった。

「おっ！　これは旨《うま》そうだなぁ……」

蚵仔煎《オアチエン》と看板が掲げられ日本語で牡蠣《かき》オムレツとある。

「派手なお好み焼きみたいだなぁ」

仁は先日のホームパーティーを思い出しながらそれを見た。

鉄板に大量の牡蠣がばら撒《ま》かれたところに水溶き片栗粉《かたくりこ》がざっと掛けられる。バッと湯気があがるとそこにホウレン草と青葱《あおねぎ》が放《ほう》り込まれ暫《しばら》くすると溶き卵が投入される。

仁は見ていて涎《よだれ》が出て来るのを感じた。

そうして焼きあがると、ざっと取り分けられ赤みを帯びた餡《あん》が掛けられ、皿に入れて提供される。

「これにしよう！」

仁は狭い店に入り注文するとあっと言う間に目の前に出された。

「旨ッ‼」

甘辛い餡と牡蠣と卵、ホウレン草の入り混じった味わいはB級グルメの王様のようだと仁は思った。

そうして仁がビールを飲みながら賞味していると、スマートフォンにメールが入った。

仁は食べ終わると名残惜しそうに屋台街を後にした。


「もうちょっと着くのが早かったら一緒に屋台で食べられたのになぁ……旨かったぞ」

ホテルに戻った仁を待っていたのは池畑だった。インドから着いたところだ。

池畑はルームサービスのハンバーガーをビールで食べている。

「牡蠣オムレツ、お好み焼きみたいな雰囲気だけど、全然また味が違って良かった」

仁がそう言うと池畑はビールを飲み「お好み焼きは我が家の定番だからなぁ」と微笑む。

「この間のお好み焼きやたこ焼き、美味しくて楽しかったな。また頼むよ」

そう言う仁に池畑は頷いた。

「お安い御用だよ。お前のカレーも食べたい。お世辞じゃなく旨かった」

仁はそれを聞いて笑顔を見せた。

「同期ってなんか良いよな。戦争を体験してから、人と人との繋がりの大事さが分かったような気がしてさ。この間のパーティーは本当に嬉《うれ》しかったんだ」

池畑は仁の戦争体験を想像して優しい表情になった。

「お前は大変な思いをしたんだもんな。その中からナターリャ母娘《おやこ》を連れて来る。大したもんだよ。俺《おれ》にはそんなこと出来ないと思う」

同期二人の間になんとも温かな空気が流れた。それは出張続きの商社マンにとっての貴重なリフレッシュの時間でもある。

そこからはお互いの仕事の話になって互いの全ての情報を話した。

「そうか。来栖・池畑コンビと高井・青山コンビのどちらも上手《うま》くやれたわけだな」

仁は頷いてから池畑に訊ねた。

「それで？　こうやって台湾に俺たちが来させられたのは一体何でなんだ？」

池畑の顔に緊張が走る。

池畑はそこから来栖との話をした。

「どういう意味だ？」

エッと仁は驚いた。

「武器関係だ」

「日本の総合商社は、武器輸出三原則に基づいて外国への武器輸出には一切関わって来ていない……というのは誤りです」

来栖の言葉に池畑は驚いた。

「どういう意味でしょうか？」

来栖はそこから日本の武器輸出について話した。

「近代兵器というものはハイテクの塊ということです。八〇年代以降の様々なハイテク技術革新は日本発が多かった。CCDカメラがその代表です。精密誘導爆弾に搭載されピンポイント攻撃が可能になった。CCDカメラは当時全てメイド・イン・ジャパンでした。だが輸出の際その用途は問われない。どこにも軍事用などとは記されず民生用機器として大量に輸出されていたのです」

池畑は納得した。

「武器という存在。特に様々な部品で出来上がっている近代兵器。金づちが大工道具にも人殺しの武器にもなるように……複雑な様相で武器は出来ているということです」

来栖はなんとも言えない微笑を見せて言う。

「そして今、近代兵器が最も必要とする部品は何か？　分かりますよね？」

池畑は頷いた。

「半導体ですね？」

その通りですと来栖は言う。

「八〇年代から九〇年代、半導体は殆《ほと》ど日本メーカーが製造し、世界への供給を続けていました。軍需も民需も日本が作った半導体が必要とされた。あらゆるテクノロジー搭載兵器には半導体が必要でしたから、武器輸出三原則はそこでは全く機能していなかったということです」

その通りだろうと池畑は思った。

「ここから質問ですが……どうして二十一世紀に入って日本の半導体メーカーがことごとく台湾や韓国のメーカーに敗れていったと思いますか？」

半導体ビジネスは設備投資が全てだ。その規模とタイミングで次世代の覇者となれるかどうかが決まる。

「日本メーカーは思い切った設備投資に踏み切れなかった……ということですよね？」

来栖はそれは正しくもあり間違ってもいると答えた。

「裏にあるのが軍需です。軍事大国を目指す中国が台湾や韓国メーカーに対して秘密裏に膨大な軍需用の半導体の注文を長期に亘って約束したのです。それによって彼らは日本メーカーと桁違《けたちが》いの設備投資に踏み切ることが出来た。つまり日本は軍需に負けたということなんです」

来栖は言う。

「半導体製造で敗れた日本も、流通では世界中にネットワークを持つ総合商社の力でプレゼンスを維持し続けた。総合商社が扱う軍需向け半導体はかなりの量で残り続けた……ロシアもその顧客です」

池畑は驚いた。

◇

スイス、チューリッヒ郊外。

スイス・クレジット・ユニオン・バンク（ＳＣＵＢ）の特別施設で合流した来栖和朗と稲山莞爾の二人は、ＳＣＵＢの頭取であるリヒャルト・カッツのオフィスを出ると、カッツに案内されて長い廊下を歩いていた。

「?!」

突然周囲に色とりどりの幾何学模様が現れた。紋様は様々な方向に動きを見せる為に方向感覚がおかしくなる。

「少し前までは目隠しをして貰ったのですが、今はこうやってハイテクの目隠しに代えました。あそこへの入口は当行の最大機密ですので……ご不快でしょうが暫くご辛抱下さい」

カッツはそう言って何事も無いように歩いていく。

二人はその後をついて行った。

一体どこまで歩かされるのかと思った時だった。カッツが立ち止まった。

「?!」

ガクンと体が揺れるのを感じた。

そこはエレベーターの中だった。

「……」

エレベーターが止まり扉が開くと、また幾何学模様が辺りで踊っている。そこからさらに歩き、二度エレベーターを乗り換えた。

最後のエレベーターはかなりの年代物なのか酷《ひど》く緩慢な動きをする。それはまるで地獄に降りていく悪魔の籠《かご》のように思えた。

不安になるほど長い時間、籠は下降を続けた。

ようやく停止して扉が開くと、湿り気のある空気が入り込んで来た。

幾何学模様は相変わらずだが、トンネルの中のように足音が響く。そうして重い金属製の扉が開けられる音がして中に入った。

「?!」

目の前の光景が信じられない。

そこはコンクリートで固められた巨大な洞窟《どうくつ》の中。二十メートルほど先に分厚いガラスの仕切りがあり、その向こうには黒光りする鋼鉄製の金庫がコインロッカーのように何百と両側に並べられている。

稲山がそれを見て呟《つぶや》いた。

「富の……富の墓場ですね」

来栖はその言葉に頷いた。

「戦略核ミサイルの直撃を受けてもここは大丈夫です。世界で最後に残る最も安全な場所です」

カッツはそう言った。

そこは第一次世界大戦後にSCUBが作った地下大金庫室だったのだ。

三人はガラスの仕切りまで向かった。

仕切りの一部は大きくスライドするように出来ていて、グンと機械音がして開いた。

そして十メートルほど進んだところでカッツが歩みを止めた。

「この区画、全てですね」

そう言って大きく見回すようにした。

「では、鍵を」

カッツは二人に向かってそう言った。

来栖と稲山はそれぞれが内ポケットに入れていた真鍮《しんちゆう》製の鍵を、カッツに手渡した。

漆黒の金庫の二つの鍵穴にカッツの手でしっかり差し込まれそれぞれ右と左に回された。

次に金庫のフックに手を掛けたカッツはガチッと音がするまで下ろした。

「これで開きます。後はお二人で……」

そう言ってその場を離れた。

「……」

来栖と稲山は少し緊張を覚えながら金庫の扉を開けた。

上段には封筒が置かれ、下段には百以上の鍵が並んでいた。

「なるほど……この区画に置かれた金庫の鍵ということですね」

稲山がそう言うと来栖が頷いた。

「全ての金庫の中にあるのは奥の院に対する信用の証《あかし》……」

そうして稲山が封筒を取り出した。

中には書類が入っていた。

「……」

それはラテン語で書かれていた。

語学に堪能な二人にはそれが読める。

「これが究極のパスワード……」

来栖の言葉に稲山は頷いた。

稲山は書類を再び封筒に入れて金庫に戻すと、下段に置かれた鍵の一つを手に取った。

「一つくらいは確かめておきますか？」

来栖は頷いてその鍵で別の金庫を開けた。

中を見ると深い溜息が自然と出た。

「まさに……富の棺桶《かんおけ》」

二人は金庫の中の輝きを暫く見詰めた。


「都市伝説の証人になったような気分ですね」

チューリッヒ中心街にあるレストランの個室で、来栖と稲山は夕食をともにしていた。

「稲山義和こと宮崎二朗のIライン、そして玄葉琢磨のGライン……ともに手にしていた奥の院のメンバーシップ。それを裏付けるものを今日我々は確かに目にした」

来栖はそう言ってワインを口にした。

稲山が父から、来栖が玄葉から受け継いだものが奥の院へのアクセスになる。

「世界というものが何で出来ているのか？　どのように動いているのか？　こうやってスイスに来て、究極の金庫の中を覗《のぞ》いて分かったこと……それを考えると世界は大きくなり過ぎたのでしょうか？」

来栖の問いに稲山は言った。

「世界は矛盾を核とし絶望を起点に始まると父は言っていました。初めて聞いた時は何を言っているのか分かりませんでしたが、Iラインを引き継いでそれが分かった。神も悪魔も人が創ったもの。同じように人が奥の院を創った。それは技術崇拝であり技術への抵抗でもある……矛盾です」

来栖はその言葉に頷いた。

「存在するとは矛盾ということなんでしょうね。途轍《とてつ》もない力を持ったまま存在を続けるには矛盾を内在させ、絶望を起点に希望を終点に持っておかなくてはならないのでしょう」

哲学的な来栖の言葉に稲山が応《こた》えた。

「そしてそんな奥の院を持つ世界の中で日本という国はジョーカーのような存在だった。憲法で戦争を放棄し武器輸出三原則を有しながら……奥の院に深く刺さり込んでいた」

来栖はワインを飲み干して言った。

「八〇年代以降のテクノロジーの進歩は、日本の貢献なくしては成し得なかった。最新の兵器はテクノロジーの塊。ＣＣＤカメラや半導体は武器の性能を飛躍的に伸ばした。それまでの武器では太刀打ち出来ないものを作り出した。奥の院が日本を必要としたのは当然だったということです」

稲山は今日見た地下金庫の群れの光景を思い出した。

「あの富の墓場……数百年に亘る奥の院の富の集積。あれを見て実感しました。世界の平和の重みというものを……」

稲山の言葉に同感ですと来栖は頷いた。

「絶対に第三次世界大戦を起こさせてはならない。その為に日本はジョーカーならではの役割をしなくてはならない。半導体というカードを使って……」

そして言った。

「世界の半導体の心臓といえる台湾。ロシアを兵糧攻めにする鍵です。その意味で半導体の血管といえる日本の総合商社の役割は大きい。日本の半導体メーカーが弱体化する中でも我々は力を維持して来た。奥の院もそれは認めているところです」

稲山は訊ねた。

「台湾には来栖さんが？」

来栖は首を振った。

「永福の対露班の人間を送ります。世界最大の半導体メーカーであるＴＭＳＣ……表のビジネス、つまり直接的なロシア向け半導体輸出は、アメリカから台湾政府へ要請もあって既にサスペンドしています。問題は裏です。中国への輸出に隠されたロシア向け……これをどう押さえるか。私が懇意にして来た創業者の先代は引退し、今は二代目が経営の全権を握っています。先代を使って二代目社長とのアポは取ってあります。後は対露班がどう工夫して説得するか……我々の後継を育てなくてはならない意味でもここは大事だと思います」

来栖の強い言葉に稲山は納得した。

「うちの娘はちゃんとやっていますか？」

勿論《もちろん》と来栖は答えた。

「対露班班長としての彼女の能力は大変なものがあると思っています。部下を信頼し任せるところは全面的に任せる。大経営者の素質を備えてらっしゃると思いますよ」

お世辞でも嬉しいですと稲山は相好を崩した。しかし直《す》ぐに真剣な顔つきに戻った。

「日本の総合商社の半導体流通ビジネス。世界の表と裏のネットワーク。その闇《やみ》の部分、それも台湾が拠点ですよね？」

来栖は頷いた。

「そこも対露班の二人に攻略させます。うち一人にはインドにいる間にしっかりとレクチャーをしてあります。もう一人はウクライナで戦争体験をした強者《つわもの》です。ここというところで意外なほどの力を発揮すると稲山綾子班長も信頼しています」

稲山は、自分の娘の名前が出て面映《おもは》ゆいが今はオールジャパンでの戦いだと気をひきしめた。

稲山は遠くを見るようにして呟いた。

「世界のビジネスの中核である武器ビジネス、そこに日本の総合商社がどんな役割をして来ていたか……その闇を知りながら未来を向く。そこに善も悪もない。天使にも悪魔にも神にもなる奥の院の懐《ふところ》の深さを試す時です」

◇

青山仁と池畑大樹の二人は、台湾のシリコンバレーと呼ばれる新竹《しんちく》にリムジンバスで入った。

「凄《すご》いなぁ！」

建ち並ぶ半導体メーカーの工場群を見て仁が感嘆の声をあげた。

「世界の半導体の心臓だもんなぁ。新竹という都市全体からオーラを感じる」

池畑の言葉に仁が少し寂しそうになった。

「嘗《かつ》ては日本メーカーが半導体製造をほぼ一手に握っていたと思うとなんだかなぁ……」

改めて経済というものの難しさ、ビジネスの世界というものの複雑さを二人は思った。

「世界のビジネスは民需と官需、そして軍需で出来ている。その中での日本の立ち位置の難しさは昔からある。ロシアのウクライナ侵攻で状況はさらに難しくなった。中国と台湾の関係はその難しさの代表だ。政治・経済・軍事が二つの国の間で様々な形を取りながらバランスを保って来た。そのバランスがひょっとしたら最悪の方向へ崩れるかもしれないんだ。台湾の緊張は大変なものだと思うよ」

池畑はそう言って、車窓の向こうに広がる工場群を見詰めた。

「日本はその半導体製造で大事なところを握っている。材料である単結晶シリコンや半導体製造装置では日本メーカーは無くてはならない存在だからな。今見えている工場の中にもかなりのメイド・イン・ジャパンがある。そして……」

半導体の流通では日本の総合商社が裏で大きくネットワークを動かしていることを知っている。

「池畑から聞いて日本が世界の武器製造に関わってきたことはよく分かったけど……今回のロシアのウクライナ侵攻でそれを表に出してしまうのはまずいんじゃないか」

その仁の言葉に池畑は耳を傾ける。

「単結晶シリコンや半導体製造装置という肝の部分を日本がちらつかせてそれらの輸出規制などを言い出したら、本気で敵を怒らせてしまうだろう？」

池畑はその通りだと頷いた。

「だから裏を使うんだ。『それを言っちゃあお終《しま》い』というところには触れず裏を使う。今回の台湾での対露班のミッションは裏になるんだよ」

池畑はそこに来栖からのレクチャーがあったことを仁に伝えた。

「日本の総合商社として、今の状況でロシアへの半導体供給をストップさせる為にあらゆる手段を講じる。半導体の心臓である台湾でやれることをやる。だがあくまで裏で。ビジネスの裏面を使うんだ」

そして言う。

「来栖顧問は言われた。ビジネスの最大の利点は全てを相対化出来ることだと。利益を追求する為の差異を常に考え、それを埋めることで利益を得る。善悪などの絶対化の基準はビジネスでは持つなとおっしゃった」

だがそれには自分も完全に納得はしていないと付け加えた。

「池畑さぁ……俺は人の為になるのがビジネスで、人に喜ばれるのがビジネスだと思ってやって来たんだよ。そんな俺からすると戦争は完全な悪なんだよ。誰の為にも、喜びにもならない。だから戦争を止めさせるためにはビジネスマンとして何でもやる。そういう覚悟は出来てるんだよ」

　戦争を体験した仁の言葉は重いと池畑は思った。その池畑が自分のビジネス観を語った。

「俺はな、青山。以前はビジネスで成功する為に〝力〟を考えていた。どれだけ自分が、自分の組織が〝力〟を持っていてそれをビジネスでの成功に使うか……。でも今は違う」

　その池畑を仁はじっと見た。

「今は〝流れ〟を考えるのがビジネスだと思うようになった。自分の周りのあらゆる〝流れ〟を読み、そこに商機を見出《みいだ》す。そこで出来るビジネスが本当の良いビジネスなんじゃないかな」

　ふぅんという表情で仁はそれを聞いた。

「じゃあ、お前は今はどんな〝流れ〟を見てるんだ。教えてくれよ」

　池畑は頷いた。

「今は〝流れ〟を変える時だ。それを考えないといけないと思ってる。戦争というもので出来た嫌な〝流れ〟……それをどうやったら変えることができるか？　俺のベースはそれだな」

　仁は考えた。

「なるほどなぁ。戦争で出来た嫌な〝流れ〟なぁ……。確かにそれに流されていくと全てが終わるな。戦争の〝流れ〟を変える。その為に半導体を押さえる。そして別の〝流れ〟

を作る。そういうことか？」

そうだと池畑は言う。

仁は少し遠くを見るようにして俺はなと言葉を繋《つな》いだ。

「さっき言ったように人の為になるビジネス、人の喜ぶビジネスという風に考える。そうするとさ、日本の総合商社が戦争で何が出来るかと考えると、これは夢物語かもしれないけど、今度の戦争でも武器が欧米からウクライナにばら撒かれてるじゃないか。その武器を回収するビジネスって出来ないかなって考えるわけよ」

池畑は仁の話に惹《ひ》かれた。

「アフガニスタンでもイラクでも、シリアでもそうだけど、戦争で大量に武器が投入されると戦争が終わった後もそれが残されて結局それを使う紛争や新たな戦争が起きてしまう。そうしない為に武器を回収して鉄屑《てつくず》にしてしまうとか溶解するとか。そういうことをビジネスとして成り立たせて、戦争した国がそれで復興資金を得られるなんていう……そんなビジネスがしたいと思うね」

池畑は感心した。

「青山……お前は凄いよ。それが出来れば何万何十万、いや何百万の人間が殺されたり傷ついたりしなくて済むようになる。それはちゃんと考えたいな！」

仁は池畑が本気で同意してくれたのが嬉しかった。

「日本の総合商社という存在。それが平和に寄与する存在だと世界中が認めてそしてそんな形でビジネスに関与する。そういう風に俺たちがしないといけないよな」

仁はそう言って笑った。

そうしてリムジンバスは新竹のターミナルに到着し、二人はそこからタクシーでTMSC本社へ向かった。


「父から話は聞いています。お待ちしていました」

TMSCの社長、王志傑《おうしけつ》は仁と池畑を迎えてそう言った。

台湾半導体産業の父とされる父親の王俊傑《しゅんけつ》に似て大人《たいじん》の相貌《そうぼう》をしている。

子供の河馬《かば》のような仁と体型は似ているが押し出しが仁よりずっと良い。ハッキリとした目鼻立ちは父親譲りの利発さを感じさせる。

「我々は日本の全総合商社から全権を委任されて来た存在です。ロシアのウクライナ侵攻で世界のパラダイムが変わる中で、この戦争を早期に終わらせる為にここに来ています」

池畑の言葉に、王は何も言わず無表情だ。

続けて池畑は言った。

「御社から中国に向けて輸出されている半導体……そのうちのロシア分と思われる量の出荷を、停止して頂きたいのです」

そこで王は微笑んだ。

「もう米国政府の依頼を受けた台湾政府の意向を汲《く》んで、ロシア向けの半導体輸出は止めています」

それは承知していますと、池畑は言う。

「今申し上げた通り、中国向けとされているなかに含まれるロシア向け……その出荷を止めて頂きたいのです」

王は首を傾《かし》げる。

「そんなものはありません。中国向けは全量中国国内で使用されるものです」

池畑は、来栖からそう相手が出た時にこう言えと教えられた台詞《せりふ》を口にした。

「我々の意向は奥の院も承知しています」

仁はその池畑の言葉を聞いて表情を変えないながらも驚いた。

（なんだ？　奥の院って？）

王も表情を変えず黙っている。

池畑はじっとその王を見詰めた。

長い沈黙が流れた。

口を開いたのは王だった。

「日本は……台湾の安全保障の為に何をしてくれます？」

池畑は驚いた。

「我々はビジネスマンです。政治家ではありません」

そう言うと王は妙な顔をした。

（まずいッ！）

そう思ったのは仁だった。

「ですが政治家以上のことが出来ます」

仁は咄嗟《とっさ》にそう続けた。

（エッ⁈）

驚いたのは池畑だ。

王はじっと仁の次の言葉を待っている。

その仁が言った。

「我々は総合商社、世界中にネットワークを張り巡らせる日本の総合商社です。あらゆるものを供給する存在です。その存在が台湾の安全保障の為にあらゆることをします」

池畑は内心の動揺を隠しながら、表情を変えず仁の言葉に頷いて言った。

「ここで流れを変えないといけません。ロシアを兵糧攻めに出来るのは半導体だけです。是非とも御社のご協力が必要です」

そしてもう一度あのワードを使った。

「それが奥の院の意向です」

王はふと目を閉じた。

そして再びその大きな目を開くと言った。

「御依頼の生産調整に応じましょう。中国には生産ラインに不具合が発生したと伝えます」

◇

青山仁と池畑大樹は台北に戻った。

二人は夜市の屋台で、蚵仔煎、牡蠣オムレツをビールを飲みながら食べている。

「それにしても奥の院って何なんだろう?」

ずっとそのことを訊ね続ける仁に、池畑は少しウンザリした表情で同じことを繰り返す。

「相手が難色を示したらあの言葉を口にしろと来栖顧問に言われたんだ。俺も訊《き》いたよ。奥の院って何ですかと。そうしたら……」

そこから仁がすっかり覚えたその池畑の台詞を口にした。

「知らない者は知らない方が良い……」

池畑は頷いてビールを飲んだ。

「なんか気持ち悪いよな。訳の分からないものがあるのって……」

その仁に改めて池畑は頭を下げた。

「お前の機転には助かったよ。俺は訳が分からなくて正論を言ってしまったからな。あのままだったら先方がどう動いたか分からなかった」

仁は牡蠣オムレツを旨そうに食べている。

「咄嗟に出たんだよ。奥の院って言葉で先方が気圧《けお》されたように感じたからさぁ。だからここはオウム返しで行けると思って……」

とそこまで言ったところで仁は何かに気がついたようになった。

「先方は台湾の安全保障の為にって言ってたということは……奥の院ってそこに深く関わるもんだっていうことだよな？」

池畑は頷いた。

「その通りだ。武器や軍備に関わることなんだと思う。我々が知っている世界の安全保障の枠組みとは別の何かがあるということなんだろうな」

二人は来栖が過去ロシアとの交渉の過程で様々な手段を用い、その中に奥の院というものも関わっているのだろうと思った。

「まぁ、『知らない者は知らない方が良い』と言うんだ。俺たちはこれ以上立ち入らない方がいいぞ」

その池畑の言葉に頷きながらも、仁は台湾での対露班の次のミッションのことを改めて話した。

「高井専務からのレクチャーは受けたが……日本の総合商社の闇の部分、それと面と向かわないといけないんだからな」

池畑もその言葉で腹に力が入った。

「そうだよな。ビジネスに善も悪もないと言われたけど、闇の中にいる人間とやり合わないといけないのはな……」

そう言って牡蠣オムレツを口にした。

甘辛く複雑で懐かしさもあるB級グルメの味わいだが、次のミッションを考えると牡蠣の苦みが口の中に広がるように感じた。

「旨いな……」

「まぁ、当たって砕けろだ。今日はしっかり食って明日に臨もうぜ」

仁はそう言った。

台日電子公司《こうし》。

それは日本の総合商社の闇を一手に引き受ける、底なし沼のような会社だった。

社長の家永卓也《いえながたくや》は、永福商事の出身で専務の高井とは大学の同窓で同期……。

「家永はなぁ……同期の中でも頭抜けたやり手でなぁ」

高井の話では、同じ京帝大学経済学部で学生時代はアメフト部のクォーターバックとして、大学を日本一に導いた男だという。

そして永福に就職して直ぐ、玄葉琢磨に見出されたと話した。

「そういう意味では来栖さんと似てるけど……家永は本質がヤクザや」

どういう意味かと仁が訊ねると高井はなんとも言えない表情で言った。

「なんちゅうかなぁ……相手の弱みに徹底的につけこむというか……取引先の弱点と思える情報を入手して攻めていく。いや、決して非合法なことをする訳やないで。そやけど家永はある種の裏の使い手というかそういうやり方が得意やったんや。台日電子公司設立の話を家永は聞きつけて自分から手を挙げた。ちょうど……家永がカミさんを病気で亡くした時やった。子供のおらん家永は自分は身軽やというてな」

家永は台日電子公司の社長を三十年近く務めて、ずっと台湾で暮らしている。

「まるで闇が……闇が家永を惹きつけたようにわしには思えたな。それからずっと家永は闇の主《あるじ》や」

八〇年代に半導体を含む電子部品が最新の武器に欠かせないようになってから、武器輸出三原則を持つ日本が軍需向け半導体を輸出する際に使ったトンネル会社、それが台日電子公司だ。全総合商社が日本のメーカーから半導体を購入し、この会社を抜け穴にして軍需向け半導体を全量輸出したのだ。

「二十一世紀に入って日本メーカーが台湾、韓国の半導体メーカーに取って代わられると売り先をしっかり持っていた家永は二つの国のメーカーに入り込んで商売を続けた。加えて日本の総合商社が世界各国から集める民需用半導体を軍需向けに転用して販売するロンダリングもやった。今や〝死の半導体商人〟として家永を知らんもんはおらん」

対露班のミッションは、台日電子公司からのロシア向け半導体を完全に押さえることだ。

「台日電子公司は日本の総合商社が生んだ鬼っ子や。家永が簡単にうんと言うとは思えん。特に来栖さんやわしが行ったら絶対に態度を硬化させる」

どうしてなのかと仁が訊ねると、高井は言った。

「嫉妬《しっと》や。来栖さんへの嫉妬……あいつは自分の方が玄葉琢磨に可愛《かわい》がられてると思てた。台日電子公司を足掛かりに本社の役員を狙《ねろ》うてた。そやけど玄葉さん亡き後の来栖さんの活躍を見てあいつはその道を諦《あきら》めた。その代わり……〝死の半導体商人〟として究《きわ》めようとして来た。台日電子公司の治外法権を認めさせて株も全て買い取ってオーナーになり、半導体専門商社を牛耳《ぎゅうじ》って来たんや」

池畑は仁からその高井の話を聞いて「こいつは難しいぞ」と呟いた。

「まぁでも元は同じ永福商事の人間、先輩と後輩だ。胸襟を開けばなんとかなるんじゃないか？　アメフトをやってたっていうからお前と共通点もあるし……」

仁の言葉に池畑は首を傾げながら言った。

「日本の総合商社が生んだ鬼っ子……これは大変な鬼退治だぞ」

そう言うと仁が「お前、上手いこと言うな」と笑ってビールを飲み干した。


台北の旧オフィス街のビルの一角に、台日電子公司は入っている。

仁と池畑が訪ねると直ぐ社長室に通された。

「日本の総合商社全社の全権というのはやっぱり効くな」

仁が事前に簡単にアポを取れたことでそう思ったと言った。

だがなかなか家永は現れない。

仁も池畑も経験上じらされることには慣れている。

「どうする？　向こうが折れなかったらまたあのワードを使うのか？　奥の院って？」

池畑は首を振った。

「今回は関係ないだろう。むやみに出すもんじゃないと思うよ。でもＴＭＳＣが我々の要求を吞《の》んだ事実は使う」

まぁそうだなと仁が言ったところで、家永が現れた。

アメリカンフットボールをやっていただけあって大柄だが太ってはいない。目つきや風《ふう》貌《ぼう》はインテリヤクザという感じだ。

仁たちの名刺を見て「NFはどうだい？　未来はあるかい？」と訊ねて来た。

「商社は厳しいですね。トレードの口銭は下がる一方ですし……それでも総合商社の強みを活《い》かせば未来はあると思っています」

池畑がそう言うと「二人ともうちで働かないか？」と微笑む。

（かましてくるな）

二人は同時にそう思った。

「給料は今の倍出す。ロシアが半導体を欲しがっているからな。人手がいる」

二人は目を剝《む》いた。

「家永社長、我々は対露班に属しています。日本の総合商社全社が協力してウクライナでの戦争を終わらせる。その為に商社として出来ることを全てやる。その為にここへ来たんです」

家永は何も言わずそう言った仁を見詰めた。

そして破顔一笑した。

「そんなこと本当に出来ると思っているのか？　というか、そんなことは商社マンの考えることじゃないぞ。商社マンはビジネス。どんな状況下でもビジネスを考え、儲《もう》けを考える。それがNFの矜持《きょうじ》じゃないのか？」

それに対して池畑が言った。

「戦争はビジネスの敵です。日本の総合商社として、この戦争は絶対に認める訳にはいかないということです。単刀直入に申し上げます。御社の取り扱うロシア向けの半導体を完全に止めて頂きたいんです。買えとおっしゃれば全て言い値で買います」

家永は無表情になった。

「お前らはＮＦの人間だから馬鹿《ばか》ではないだろう？　そんな馬鹿を言わせるのは誰だ？　来栖か？　高井か？」

平然と「両方です」と仁は答えた。

ふうんという表情をして家永は言った。

「綺麗《きれい》なところしか歩いたことのない奴《やつ》らに何が分かる。裏や闇を俺に全部引き受けさせた奴らに何が分かる」

そして不敵な笑みを浮かべて言った。

「俺はプーシキン大統領と直《じか》に取引してるんだ」

二人は驚いた。

第七章　見果てぬ希望

稲山綾子は永福商事本社で、ナターリャ・クレバからの報告を全《すべ》て聞いていく。

ナターリャは対露班として働き、ウクライナやロシアから発信される中の信頼に足るSNS情報に細かく目を通していた。

「先週のウクライナ東部の戦闘地域で回収されたロシア巡航ミサイルの不発弾、それを分解した情報の詳細なものです」

稲山はそこに載せられた写真を見た。

「明らかに民生用の半導体が使用されている。ロシアの半導体不足は深刻なところまで来ている！」

ロシアはウクライナ侵攻の緒戦で一千発近い精密誘導ミサイルを使ったとされ、その在庫はほぼ底をついていると見られていた。

「新しい精密誘導弾に軍需用半導体が使われていない！　兵糧攻めが効いている！」

だが稲山は台湾にいる青山仁と池畑大樹からの報告を聞いて、ここからは簡単ではないことを知った。

「ＴＭＳＣは上手《うま》く行った一方で台日電子公司の方は……」

稲山はスイスから帰国した顧問の来栖和朗に連絡を入れた。

馬喰町《ばくろちょう》の繊維街の一角にある古いビル。

永福商事の前身である福富江商《ふくとみごうしょう》が戦前、東京支店を置いたビル、有形文化財に指定されるそのビルに対露班の別室が用意されている。

嘗《かつ》て稲山たちの特命班がいた場所だ。

御影石《みかげいし》と大谷石《おおやいし》で外観が組まれたアールデコ様式の建築である福富ビルヂングに入ると歴史の重みにいつも背筋が伸びる思いがする。

そのビルの一室を稲山が訪れると、そこには来栖と稲山の父である莞爾も待っていた。

「厄介ですね」

来栖は台日電子公司の社長である家永卓也についての報告を聞いてそう言った。

「どのくらいの量の半導体を台日電子公司がロシアに輸出しているか分かりませんが……軍需用半導体が底をついたと思われる今、台日電子公司はロシアの先端兵器製造の生命線と言っていいのではないでしょうか？」

その稲山の言葉を来栖と莞爾は真剣な面持ちで聞いた。

「家永が『プーシキン大統領と直《じか》に取引している』と言ったのは本当のことだと思いますね。あの男ならそれくらいのことはやる。そしてそこに大きな目的がある筈《はず》」

その来栖に莞爾が頷《うなず》いた。

「おそらく……奥の院宝物が絡んでいるでしょう」

その言葉に稲山はエッという顔をした。

その稲山を来栖と莞爾が同時に見た。

「ここから全てをお話しします。奥の院の真実を稲山班長に……。これはお父上も了解の上です」

稲山が莞爾を見ると厳しい顔つきだ。

「命に危険が及ぶかもしれないことになるが……その覚悟はあるね？」

その父の言葉に稲山は緊張を覚えながらも頷いた。

莞爾が話し始めた。

「奥の院とはネットワークのことだ」

ロシアの秘密組織だとばかり思っていた稲山は驚いた。

「その始まりは近世のヨーロッパ。ちょうどナポレオンが台頭した頃《ころ》、各国の武器商人たちのギルドとして誕生したんだ。ロマノフ王朝のロシアにもメンバーはいた」

稲山は莞爾に訊《たず》ねる。

「ヨーロッパの大国同士で戦争が勃発《ぼっぱつ》する頃ですよね。敵国の中にメンバーがいたということですか？」

　それには来栖が答えた。

「戦争を大きなビジネスに変えることが武器商人たちの目的だったんです。戦争は無くさず上手に大きくしていく。そうして利益を獲得し続ける。その為《ため》には最終戦争だけは起こさせてはならないと考えるようになりました。最終戦争の後で一国が世界を完全に支配してしまうとビジネス成長はなくなる。だからあらゆる戦争での〝勝ちどころ・負けどころ〟を彼らは武器の供給でコントロールして来たんです」

　稲山は驚いた。

「じ、人類に戦争を永久に行わせてビジネスを拡大していく。そういうことですか？」

　来栖はそうですすと答えた。

「それが近代になって様相が劇的に変わった。米国のセオドア・ルーズベルト大統領が『米国は世界の警察官となる』と標榜《ひょうぼう》した時から戦争が、国家の経済成長に完全に組み込まれるようになった。軍産複合体がそれを主導した。奥の院は各国の軍産複合体の中枢ネットワークとなったんです。戦争の真の意思決定を行う者たちによるネットワーク。これが世界の戦争をコントロールする真の存在です」

　そして莞爾が続けた。

「奥の院は軍事バランスを戦争の最中にコントロールするという離れ業をやり続けた。その為にはネットワーク構成員の相互信頼が必要になる。互いの信頼を担保する為に奥の院メンバーは設立当初から莫大《ばくだい》な量の金貨や金地金《きんじがね》を供託して来ていた。その金塊が永世中立国スイスの銀行産業を創り上げる基礎となったんだ。今もスイス・クレジット・ユニオン・バンクの最古の地下大金庫には膨大な金《ゴールド》が眠っている」

莞爾はそれを来栖とともにスイスで確認したことを稲山に告げた。

「稲山義和こと宮崎二朗は第二次世界大戦でソ連が対日参戦する直前、満州国と関東軍が保管していた大量の金地金をスイスに移送させて供託し、奥の院メンバーとなった。満州国中央銀行の刻印の入ったインゴットを我々はこの目で見て来た」

稲山はそこで理解した。

「それで獲得したのがIラインと呼ばれるソ連奥の院へのアクセスなんですね？」

その通りだと莞爾は言い、Gラインについては来栖が説明した。

「宮崎二朗の陸軍中野学校の一年後輩であり、満鉄調査部にいた玄葉琢磨は宮崎がソ連で逮捕される直前に、満州国と関東軍が保有した機密情報を全て持ち出して帰国し、戦後、米国の諜報機関に全て渡したことで米国の中枢に入り込んだんです。そして彼も米国の奥の院へのアクセスが出来る人間となった。スイスに預けられた金塊は、名を稲山義和に変えた宮崎と玄葉の二人で一つ、日本奥の院の信用の証《あかし》として認定された。これがIライン・Gライン、日本奥の院の成り立ちです」

そしてここからが奥の院の重要な役割の話になると言ってから、来栖は続けた。

「奥の院の基本は戦争を無くさないと同時に最終戦争を避けることです。その為のドクトリンがある。各国奥の院が最新最強の兵器の情報を自主的に開示し互いに共有することです」

稲山は驚いた。

「最も大事な情報をすすんで曝《さら》け出す?!」

それに対し莞爾が言った。

「どの国の奥の院も今現在の最新最強兵器の詳細を全て開示し共有する。どの国も同じレベルの兵器を持つことで力の均衡が生まれ決して最終戦争は起こらない。これは核兵器を米国が作り出した時も例外ではなかった」

その後ソ連や中国、イギリス、フランスが核兵器を保有するようになったのは、そのドクトリンによると言う。

「そうやってハルマゲドン（人類絶滅戦争）は回避されて来た。軍産複合体が戦争ビジネスを極限まで拡大させながらも世界が終わるような戦争は避ける。ビジネスが上手く回るよう国際情勢の緊張を容認させる。常に各国政府の時のキーパーソンへの影響力を陰で、しかし強力に行使しながら……」

平然とそう告げる莞爾に対して、自分の父親ながら恐ろしいと稲山は思った。

だが、とそこから来栖が繋《つな》いだ。

「今回のウクライナ侵攻は場合によるとハルマゲドンに発展するものですがロシア奥の院はプーシキン大統領に沈黙した。その理由を知る為に、我々はスイスを訪れ奥の院宝物庫へのアクセスを試みたんです」

稲山は来栖と莞爾のスイス行きの目的は知らなかった。

「奥の院宝物庫にある最高機密情報、つまり最新最強の兵器情報にアクセスする究極のパスワードを使って宝物庫に入ろうとした」

莞爾も来栖もこれまで一度も入ろうとしたことはないという。

「日本の我々は奥の院メンバーとはいえ、オブザーバー的存在だ。国連でいうところの常任理事国ではない。日本は半導体や電子部品によって、奥の院にその実力を示したとはいえ平和憲法の国だ。我々は分《ぶん》を弁《わきま》えて来ていた」

そう言う莞爾に稲山は訊ねた。

「それで？　分かったんですか？　最新最強の兵器の情報やプーシキン大統領に何故《なぜ》ロシア奥の院が沈黙しているのか？」

二人は頷いた。

「パスワードを入力すると、自動的に全ての奥の院メンバーの承認許可が要求される。それでメンバー全員とやり取りが出来た。分かったことは……ロシア奥の院のメンバーがウクライナ侵攻前にプーシキン親衛隊に拉致され脅迫されて奥の院宝物庫にアクセスさせられた。他国のメンバーは脅迫されているとは知らずに承認してしまい、最高機密情報の存在をプーシキン大統領に知られてしまった。その直後、ロシア連邦保安庁のプログラマーによって宝物庫の情報は他の国の奥の院メンバーがアクセス出来ないよう再暗号化されたということだ」

稲山は訊ねた。

「ＣＩＡやＭＩ６の優れたプログラマーとスーパーコンピューターを使えば暗号は解読できるのでは？」

二人は首を振った。

「アナログなんだ。その暗号は……」

奥の院宝物庫へのアクセスシステムは通常の素数を使うデジタル暗号と、アナログ暗号を組み合わせて出来ていると莞爾は言う。

「中世の頃からの暗号……それをデジタルと組み合わせて、解読不可能な暗号を奥の院は創り出したんだ。プーシキンはそれを使って再暗号化した。宝物情報を他に移して欧米の諜報機関にトラッキングされるより、その方がずっと安全だと知ってな。だがこれは『奥の院を敵に回すのは数百年来の御法度』ということを知っての確信犯だ。つまり……プーシキンはハルマゲドンを視野に入れている」

稲山は緊張を覚えながら宝物とはどんなものなのかを訊ねた。

「宝物、つまり最新最強の兵器情報はロシア奥の院が直近でアップロードしたものだったんだ。だから他国のメンバーは疑うことなくアクセスを承認した。それは……ロシアの天才プログラマーが開発した次世代軍用半導体回路の設計図……これまでとは桁違《けたちが》いの演算能力を持ち、究極の兵器を創れるものだ」

莞爾の言葉に稲山は息を呑《の》んだ。

◇

青山仁と池畑大樹は台北のホテルの部屋からリモートで班長の稲山、顧問の来栖とミーティングを持った。

「家永がプーシキンと直《じか》に取引しているという話ですが……何か具体的なことを家永は言いましたか？」

池畑が答えた。

「具体的には言いませんが、これから忙しくなるとだけ言っていました。それはロシア向けの半導体輸出のことなんだろうと思いますが……」

それに仁が付け加えた。

「我々との話の途中で電話が入ったんです。話の受け答えから相手は欧州の半導体製造装置メーカーのようでした。装置も台日電子公司は取り扱っているのかと思ったんですが、それは無いですから妙だなと……」

来栖と稲山は同時に思った。

（やはり次世代半導体の情報を持っている！）

そこで稲山は二人に言った。

「お二人はもう一度、家永社長に会いに行って下さい。それでこう言って欲しいんです。『台湾で新興半導体メーカーがファンドリー工場を建設する話があって永福商事が出資する。製造装置も既に最新鋭のものを押さえている』と。そして『ロシアへの半導体輸出を止《や》めてくれるなら台日電子公司をその会社に合弁で入れてもいい』と言って下さい」

二人は驚いた。

「それで家永社長の反応を見て貰《もら》って……適当な内容で交渉を続けながら、彼の周辺の情報収集をして欲しいんです」

仁が微笑《ほほえ》んだ。

「ああいう偉そうにしたがるタイプの扱いは僕は得意ですから……やってみます。僕が社長をひきつけておいて池畑が探る。そういう感じでやりますよ」

池畑は仁らしいなと思いながらも同意した。

「本当か?!」

家永は池畑の話を聞いて身を乗り出した。

「最新鋭の半導体製造装置を押さえているといったな?」

仁がその家永に訊ねた。

「台日電子公司が何故製造装置に興味があるんですか? 半導体専門商社でしょう?」

家永はニヤリとした。

「台日電子公司はメーカーになるんだ」

二人はエッという表情をわざと見せた。

「どういうことです?」

入手困難な最新製造装置の話になって家永はわきが甘くなった。

「実は……最新の半導体の設計図が手に入る。それがあれば世界一の半導体メーカーになれる。裏の、闇の仕事から脱して表に出られる」

家永は永福商事が押さえた製造装置を譲れと言って来た。

「それでは話は通りません」

池畑が言うと絶対に永福商事には儲《もう》けさせると言い返してくる。

二人は考えるふりをし、やがて仁が言った。

「分かりました。合弁の話は当部の案件ですが社長直轄のプロジェクトでもあります。和久井社長に話してみます」

次に池畑が言う。

「最新の半導体設計図って、まさかTMSCから盗むつもりじゃないですよね？」

馬鹿をいうなと家永は笑った。

「ロシアだよ。台日電子公司の手持ち半導体在庫を全てロシアに輸出する見返りに、それが手に入るんだ。これはプーシキン大統領と直接やり取りして決まったことだ。おっと、永福商事がこの話に乗るという前提でここまで喋《しゃべ》ったんだ。絶対に和久井の了解を取れよ」

仁が満面の笑みになった。子供の河馬《かば》が微笑んだような表情に誰もが気を許す。

「ここまで教えて貰ったんですから必ず社長を説得してみせますよ。でも……」

そこで仁は押していく。

「設計図はいつ手に入るんですか？　まさかロシアを信用して、先に半導体のシッピング（出荷）を掛けるんじゃないですよね？」

家永は抜かりはないという。

「設計図は特別なサイトに暗号化して載せられている。そのサイトはファイルの転送もコピーも画面撮影も出来ない極めて特殊なサイトで閲覧しか許されない。先《ま》ずは暗号を解いてこちらの専門家に閲覧させ、本当にそれだけの性能の半導体かどうかをチェックしてからシッピングを掛け、リトアニアの保税倉庫に送る。そしてその後、設計図を完全に手に入れた時点でロシアへの空輸のゴーサインを出す。そういうことだ」

池畑が訊ねた。

「そのサイトにはいつアクセス出来るんですか？」

ロシアも慎重だと家永は言う。

「暗号解読の為の資料をこちらに空輸したと言っている。電子ファイルで送れと言ったが、ネット上でファイルを欧米側に盗まれるのを極めて恐れているんだ。ロシアからの航空機の直行便が停止されているから時間が掛かっている。それが来てからパスワードを教えると……つまり二段構えで向こうは機密を守ろうとしている」

それから二人は本社と交渉すると言って、台日電子公司を後にした。

「家永はそう言いましたか！」

仁と池畑からの報告をリモートで受けた来栖は驚くと同時に確信した。

（間違いなく奥の院宝物庫へのアクセスキーだ！）

隣で聞いていた稲山もそう理解した。

二人は奥の院の話は仁や池畑には決してしない。それは二人の安全の為だ。知らない者は知らない方が良い。

稲山は言った。

「お二人は家永社長との交渉を上手く話を作りながら続けて下さい。それで暗号解読の資料を突き止めて欲しいんです」

了解しましたと二人は言ってミーティングは終わった。

回線を切ってから稲山は来栖に言った。

「間違いないですね」

来栖は頷いた。

「プーシキンは目先の武器製造の為には、半導体がどうしても大量に欲しい。だから家永に宝物を売ることにしたんでしょう」

そして少し考えてから言った。

「手順としては究極のパスワードで奥の院にアクセスし、それからアナログ暗号で宝物のサイトを開くんですが……先に暗号解読の資料を送っておいてからパスワードを知らせるというところは慎重ですね。奥の院宝物庫のアナログ暗号を上書きして再暗号化したずる賢さからさすがは元ＫＧＢだけのことはある」

でもと来栖は笑った。

「我々は究極のパスワードは知っている。ですからアナログ暗号解読の資料さえ手に入れば全て解決です」

そこで稲山が訊ねた。

「奥の院のアナログの暗号の解読にはどういうものを使うんですか？」

すると来栖はそばにあるものを手にした。

「これ？」

驚く稲山に来栖が微笑んで言う。

「そう。これを使うんです」


稲山は急遽《きゅうきょ》、京都に出向いた。

台日電子公司での仁と池畑のミッションの成功の為のサポートが必要と思って、直《す》ぐに京都山科の総合経営企画部第三課を訪れたのだ。

課長の持田凜に訊ねた。

「中世から続く暗号と暗号解読。ＦＦＱを使ってそのアルゴリズムを解読することは出来ますか？」

凜は少し考えてからプログラム技術者の嶋千尋に手話で内容を伝えた。

「解読用のアナログ資料と暗号化された情報があれば可能です。私も嶋君と同意見です」

稲山の顔が明るくなった。

「アルゴリズムが分かれば再暗号化プログラムを上書きしてしまうことは可能ですね？」

その通りですと凜は答えた。

「でも解読用の資料はオリジナルでないと駄目です。一字一句、どこにどの情報が残されているかがアナログ暗号にとって最も重要な要素になりますから……」

稲山は少し難しい顔つきになった。

「暗号の鍵《かぎ》は簡単なもの、直ぐにどこでも手に入るものがベストでしょうけど、最も難しいのは鍵が一つしかない場合という当たり前のことでしたね」

その通りですと凜は言う。

（プーシキン大統領は一体なにを使ったのか？）

それを知ることができるかどうかは仁と池畑に懸かっている。

難しい顔の稲山に凜は訊ねた。

「でも……どうしてそんな作業が必要なんですか？」

稲山は微笑んだ。

「ロシアによるウクライナ侵攻を止める為です」

凜は驚きその様子を見た嶋は怪訝《けげん》な表情を見せる。それに直ぐに凜は手話で伝えた。

嶋はなんとも言えない表情を見せた。

稲山は考えた。

（台日電子公司にロシアが送る資料……それがもし一点ものなら盗み出すしかない！）

仁と池畑に腹を据えて貰うしかないと思った。

「そして私も覚悟を決めなくては……」

◇

ウクライナでの戦闘は激しさを増していた。

ロシアは苦戦を強いられていた。

予想された通りウクライナ軍が持つドローンによる攻撃で相当な数の戦車が破壊され、首都キーウに一旦《いったん》は近づきながらも後退を余儀なくされてキーウ陥落を諦《あきら》め、東部二州の獲得に兵力を集中させる戦略に変更していた。

東部マリウポリの製鉄所での攻防は二ヶ月に亘って続いた後に、ロシア側が〝占領〟、ウクライナ側が〝作戦終了〟をそれぞれ宣言するに至った。

永福商事対露班で働くナターリャ・クレバはSNSで発信されるウクライナとロシア双方の情報を英語に訳しながら何度も溜息《ためいき》をつき、時に涙する。この状況がもう二ヶ月も続いているのだ。

ナターリャは獲得した情報で、これはというものを班長の稲山に伝える。

「ウクライナ側の死傷者も多いですがロシア軍もかなりの損害を受けているようですね」

稲山はそう言った。

「ロシア国内で『どうもこの特別軍事作戦はおかしい』という声が上がっています。口コミが重要な情報価値を持つ国ですから、死んだ兵士の家族からの政府への非難で厭戦《えんせん》気分が徐々に広がっていると感じます」

ナターリャは力強くそう言った。

稲山はまだ期待は出来ませんがと前置きしてから、そのナターリャに小声で告げた。

「ロシアへの半導体の輸出を完全に止めることが出来るかもしれません。兵糧攻めをこれで更に強められるかも……」

ナターリャの顔がパッと明るくなってから厳しいものになった。

「それでも……ロシアは戦争を止めようとは直ぐにはしないでしょうね。それに核兵器もある」

稲山は頷いた。

「でも……やれることはやりましょう。今世界に求められていることは自分たちの立場でこの戦争を止めると思えることをやること。それしか我々には出来ないと思います」

その稲山にナターリャも同意した。

「おいッ‼　『ミッション・インポッシブル』じゃないんだからな！　場合によっては暗号解読の資料を隙《すき》を見て盗み出せって……そんなこと出来ないぞ！」

池畑は仁が稲山から来たメールを見せるとそう言った。

「そうだよなぁ……俺たちは堅気のビジネスマンなんだもんなぁ。やれることとやれないことはあるよなぁ」

仁も困った表情だ。

二人は考え込んだ。

「まぁ、それでもやれるかどうか、トム・クルーズになった気分で社長に会いにいこうや。向こうはこっちの話に前のめりだから上手く行けば活路が開けるかもしれないだろ？」

そういうお前の妙な言葉に以前にも引きずられてえらい目にあったんだと、池畑は心の中で呟《つぶや》いてから強い口調で言った。

「出来ない！　駄目だ！　もし見つかって捕まったらどうする‼」

仁はその池畑と目を合わせずに呟く。

「ナターリヤやマリヤを喜ばせてやりたいよなぁ……その為には戦争を止めさせないといけないよなぁ」

池畑はその言葉を無視し黙った。

「俺はさぁ、池畑。本当の戦争を経験して分かったんだよ。絶対にあんなことを許してはいけないって……。誰も良い思いをすることのないものはこの世にあってはならないってな」

するとと池畑が立ち上がった。

「行くぞ。家永社長との約束の時間になる」

そしてじっと仁を見て言った。

「やれたらやる。やれなかったらやらない」

仁はその池畑にニタリと笑った。


「そうか！　和久井はうんと言ったか！」

池畑は半導体製造装置を譲っても良いと、永福商事の和久井社長から言質《げんち》を取ったと言い家永は喜んだ。

「ですが当然条件付きです。我々が半導体の設計図を確認することは厳命されています」

家永は頷いた。

「良いだろう。さっき解読の資料が到着した。それで先方にメールを入れた。明日午前中にはパスワードが添えられた返信が来るから……明日中に確認できる筈だ」

仁が何気ないふうを装って訊ねた。

「解読の資料ってどんなものだったんですかぁ？」

間延びした調子につられて家永があぁと机の引き出しの鍵を開けてそれを取り出した。

「何のことはない。古いロシアの本だよ」

そう言ってそれを見せた次の瞬間、

「⁈」

家永は驚いた。

「ウーッ‼」

仁が胸を押さえて倒れ込んだのだ。

「どうしたッ⁈」

家永が仁に駆け寄った瞬間、隙を見て池畑がその本をスマートフォンで動画撮影する。

数秒で撮影を終えると言った。

「青山ッ‼　発作だな？　どこだ？　どこにあるんだ？　ニトログリセリンは？　ここか？　ここだなッ？」

池畑は苦しみ続ける仁のジャケットの内ポケットから錠剤を取り出し仁の舌下に入れた。

家永は驚いて見ていたが暫《しばら》くして仁が「大丈夫……もう大丈夫」と立ち上がった。

池畑が言った。

「この男、半年前に狭心症の診断を受けて……ニトロを常備しているんです」

そうだったのかと家永は安心し座り込んだ。そして本を引き出しに仕舞うと再び鍵を掛けた。

「心配ですから一度ホテルに青山を連れて戻ります。明日のことは後ほど連絡します」

そうして二人はホテルに戻った。


「これはッ⁈」

対露班のナターリャは稲山からその動画を見せられて驚いた。

「これはドストエフスキー『罪と罰』第一巻初版本です。間違いありません」

文学博士であるナターリャは断言した。

「現存するのはロシアでも数冊」

その言葉で稲山は天を仰いだ。

（やはり二人に盗み出して貰うしかない……）

そう考えた時、あることを思い出した。


翌日。

「御心配をお掛けしましたぁ……」

仁は家永に頭を下げた。

「大丈夫だったのか?」

家永は仁を見て心配げに言った。

池畑も申し訳ありませんでしたと頭を下げてから言った。

「それで? パスワードは来たんですか?」

家永は頷いた。

「送られて来たパスワードを使ってサイトにアクセス出来た。漆黒の気味の悪いサイトだ」

家永の横には見知らぬ男が控えていた。

「彼はTMSCに去年までいた半導体設計技師だ。その能力には絶対的な信頼がおけるから大丈夫だ」

二人は念のためとSNSでその男の経歴を調べた。顔写真も含め家永の言葉が信用できると分かった。

「さて、お宝拝見といくか!」

そう言って家永はパソコンに向かうとロシア語のキーボードを接続した。

宝物庫と英語で記されたところをクリックするとワンタイムパスワードを要求して来た。

P23 L15 L3
「23ページの十五行目の左から三つ目の文字を入力しろということだな」

そうして家永は本の頁《ページ》をめくって確認してロシアのアルファベットのИを入力した。すると次の指示が出る。

P151　L3　R5
「151ページの三行目の右から五つ目の文字……」

次にЛを入力……。

同じような手順で文章を入力するなどの工程を終えて認証の最後まで進んだ。

「よし！　これで全て正しく入力した。さぁ、お宝拝見と行こう！」

そう言ってリターンを押した。

♪

画面を見ていた全員が驚いた。

突然、音楽が鳴り響いたのだ。

「なんだッ⁈」

そして続いて映し出された画面に唖然《あぜん》とする。

「……」

それはウクライナの惨状の様子だった。

キーウの集合住宅で炸裂《さくれつ》するミサイル。

泣き叫ぶ女性たち、傷ついた人々、そしてとぼとぼ歩く孤児となった幼い子供……。

流れる音楽はウクライナ国歌だった。

映像はロシアの戦車部隊がドローン攻撃で次々に破壊される様子やロシア兵の投降の姿などが続いた。

「なッ……何なんだこれはッ!!　悪い冗談かッ?!」

家永は手にしていた本を床に投げ捨てた。

仁も池畑も何が起こったのか分からない。

一連の映像の最後にはロシア語と英語で文字が躍った。

——戦争を始めた者は、必ず敗れる——

全員がその文字を呆然《ぼうぜん》と見詰めた。

「……」

仁と池畑は訳が分からないながらも、ミッションは成功したのだと確信した。

◇

渋谷区松濤の帝都倶楽部、その特別個室に五人の商社マンが集まった。

帝都商事社長の峰宮義信、同じく帝都商事調査部特別顧問の稲山莞爾、永福商事社長の和久井貞雄、同じく顧問の来栖和朗、そして対露班班長の稲山綾子だった。

「ウクライナでの戦闘は長期化しそうですね」

峰宮が口火を切った。

欧米からの軍事支援を受け、士気の高いウクライナ軍が各地で失地を回復していた。

「ロシアは兵器不足、そして兵の士気も上がらない中で、大幅に戦略を後退させていると見られます」

莞爾が報告書を見ながらそう言った。

「侵攻当初の予想に反してウクライナ情勢は改善を見せたのは事実です。犠牲者の数はかなりに上りますが……」

その莞爾に皆が頷く。

和久井が言った。

「オールジャパン総合商社による対ロシア戦略が少なからず貢献し、ここからの状況の回復にも資するものと期待したいですね」

そこから稲山が報告した。

「ロシアのウクライナ侵攻を終わらせる。その目的を持つ対露班によって短期と中長期で対ロシア戦略が実行されました。中長期ではロシアが完全に中国に経済的・軍事的に取り込まれてしまう最悪を防ぐ思惑があります。そこで欧米が禁輸したロシア産の原油・天然ガスを中国ではなくインドが大量に購入出来る道筋をつけ日本が裏で支えることになりました。米国政府もこれは承認済みということですね？」

その問いに峰宮が頷いた。

「その通りです。米首脳から直接謝意がありました。米国にとって中長期での対中国戦略は経済・軍事面で最重要ですから……目先の問題と分けて考える賢明さを備えています」

そこに誰がどう関与したか固有名詞や活動内容は決して明らかにされない。

稲山は続けた。

「さらに中長期では欧州各国がロシアへのエネルギー依存を下げることへの日本の協力、それは欧州での日本のプレゼンスを上げることでも重要になります。その為に総合商社各社が押さえている東南アジアの天然ガスやＬＮＧ船をロシアへの天然ガス依存の高いドイツへ率先して回すことを行いました。これも高い評価を受けています」

そして、と短期としての肝心な部分に稲山は移った。

「ロシアの兵糧攻め。それは産業のコメである半導体をロシアに輸出させないことで成立します。これにより精密誘導兵器や戦車などが新規製造出来なくなり、戦争の継続は難しいものになります。半導体に関しては日本を抜きに製造・販売・流通が不可能なのはご承知の通りです。そこに総合商社は様々な形で関与している。台湾の大手半導体製造企業によるロシアへの半導体直接輸出を止めることを承諾させるとともに、第三国経由でロシアに輸出されることに対しても同様の措置を取らせることに成功しました」

峰宮がフッと微笑んだ。

「腐っても半導体ニッポンということですね。材料や製造装置、そして世界各国の半導体の需給をネットワークで繋いで調整する能力はまだまだ日本が持っている。商社としてもそこは誇るべきことですね」

皆が頷いてから稲山がさらにと続けた。

「その総合商社が闇で持っていた台湾の半導体専門商社、これがロシア向け輸出の鍵を握っていましたが、これも全量押さえることに成功しました。半導体という日本がロシアに対して力を発揮出来る部分では百%発揮し、兵糧攻めに貢献したと言えます」

それに対して峰宮が呟いた。

「鬼っ子を封じ込めたということですね。一番難しい対応だったと思いますが……」

そう言って莞爾を見た。

莞爾は頷いた。

「社長の御推察の通りです。今限りこの言葉を使いますが……奥の院へのアクセスを使ってのことです。これ以上は……」

全員がその言葉で黙った。

そして締めの形で稲山が語った。

「ですが戦争は続いています。まだ対露班のミッションが完結している訳ではありません。

どのような状況でも日本の総合商社が戦争を終わらせる活動を表でも裏でも続けること、それが重要であることは変わりありません。嘗て外務省が行っていたロシア市場経済化支援委員会の活動で生まれた日本シンパに対しての真実の情報提供も暗号化して、安全を確保した上で続けています。ロシア国内での現体制転覆への胎動を支援していることが実を結ぶことを期待します」

和久井がそれに続いた。

「英国からの情報ではロシア軍の戦死者は一万五千人以上とアフガニスタンを超えている模様です。それでも戦争を続けるとなるとプーシキン大統領は相当な覚悟が必要になって来るでしょう。その覚悟を戦争の継続ではなく戦争の終結に向かわせる状況を作り、そこに我々がどれだけ関与していけるかだと思います」

「本当にありがとうございました」

帝都倶楽部を後にして和久井は本社に、稲山と来栖は対露班別室がある馬喰町の福富ビルヂングに戻った。

稲山の礼の言葉に来栖は言った。

「メンバー全員とそれを見事に纏《まと》めてくれた稲山さんのお陰です」

稲山は言った。

「台日電子公司……土壇場でGラインの力を見せつけられたように思います」

その稲山を来栖はねぎらう。

「いや、それを可能にしてくれたのは対露班チームの力です。奥の院も謝意を表明しています。日本の大変な貢献に対して……」

稲山は思い起こした。


「ドストエフスキーの『罪と罰』第一巻初版本です。ロシアでも数冊しか残っていません」

アナログ暗号を解読する鍵となる本、それが稀覯本《きこうぼん》で入手困難と分かり、仁と池畑に盗ませることを強行しようかと思った時、ある会話が稲山の頭をよぎった。

それは持田凜と京都での会話で自分が喋ったことだ。

「私は膨大な書籍の群れを眺めながら思ったんです。『これほどの叡智《えいち》がありながら、何故人間は愚かな争いを続けるのか？』と……」

そして直ぐに来栖に連絡を入れたのだ。

「来栖顧問、顧問の人脈で大英博物館にドストエフスキー『罪と罰』第一巻初版本が収納されているか直ぐに確認して頂けるでしょうか？」

来栖はそれが暗号解読の鍵だと聞いて直ぐGラインを使ってイギリス奥の院に連絡を入

れた。

そしてそれから三時間後。

「ありましたよ。スキャンして画像データを送って貰いました」

それを稲山は京都の持田凜に送った。

「これがアナログ暗号解読の鍵です。そしてパスワードは――」

伝えると凜のチームは徹夜で作業してプーシキン大統領の再暗号化のアルゴリズムを解明し、宝物を取り戻すとともに奥の院宝物庫を上書きしたのだ。

「プーシキンがサイトを開けた時、驚くような仕掛けにしておきたい」

それはナターリャがやってくれた。

「プーシキンに目にもの見せてやる。彼がやったことを映像で見せつけてやる!」

そうやって奥の院のサイトを作り変えたのだ。


「何なんだこれはッ?! 悪い冗談かッ?!」

台日電子公司の社長家永が送られて来た『罪と罰』を使って宝物庫にアクセスしたのは、それらが全て完了した後のことだったのだ。

勿論《もちろん》、仁や池畑には何も知らせていない。

その後、家永はロシア向け輸出を全て日本の総合商社向けに振替えたのだった。

知らない者は知らない方が良い。

奥の院に関《かか》わることは極少人数の知るところにしておけばよいのだ。

来栖は言った。

「総合経営企画部第三課のプロジェクトであるＦＦＱ、世界中の書籍からニーズやシーンに合わせて最適な文章が引用出来るシステム……あれはＧＡＦＡに匹敵するようなプラットフォームになる可能性があります。永福商事を大きく飛躍させるかもしれない」

暗号解読の鍵が本だと知って稲山は、ＦＦＱのシステムを逆用することでアルゴリズムの解析が可能だと考え、それを凜のチームが可能にしてくれたのだ。

その時、稲山は思い出した。

京都山科のコンピューターの前で今のロシアとウクライナ間の戦争を終わらせる鍵となる引用をＦＦＱで調べた時のことだ。

ＦＦＱはゲーテ『ファウスト』を引用した。そしてそこで分かったのは悪魔が必要だということ……。

稲山はそれを来栖に告げた。

暫く考えてから来栖は言った。

「悪魔の存在がこの戦争を終わらせる。まさにそれが奥の院だったということですね。現代のメフィストフェレス……」

そして来栖はこれは聞かなかったことにして下さいと前置きしてから言った。

「私はGラインを玄葉琢磨から引き継ぐ際に言われました。奥の院に逆らった指導者は必ず亡き者にされると。米国大統領で暗殺された四人、リンカーン、ガーフィールド、マッキンリー、そしてケネディ……全員、奥の院に逆らった者達だと。戦争は奥の院が存在する限り決してなくならない。しかし人類絶滅戦争、ハルマゲドンを止めるのも奥の院だと……」

そして少し考えてから言った。

「奥の院を敵に回したプーシキン大統領……彼の運命がどのようなものになるか……」

稲山は複雑な思いを持ってその言葉を聞いた。

◇

夏になった。

まだウクライナでの戦いは続いていた。

東部二州はロシアに制圧されたものの、他の地域ではウクライナが再び攻勢を強めていた。

欧米各国による軍事支援やロシアへの経済制裁が効果をあげていることは明らかだった。

そこに表でも裏でも日本が貢献していることは、ウクライナを支援する各国政府の共通認識となっていた。

日本の総合商社の力は深く静かに再認識されていたのだ。


仁と妻の美雪、息子の悟。池畑と妻の真由美、娘の真樹。そしてナターリャとマリヤの母娘《おやこ》が集まっていた。

仁の自宅マンションで再び粉もんホームパーティーが開かれていた。

マリヤがお好み焼きをコテを使って見事にひっくり返したのだ。

仁はそう言って手を叩《たた》いてはしゃいだ。

「おーッ！　上手上手！　上手いなぁ！」

「マリヤちゃん、ウクライナでお好み焼き屋さんやれるで！」

真由美がたこ焼きを器用にピックで回転させながらそう言う。

「どうや？　悟くん？　マリヤちゃんと一緒にお好み焼き屋さん？」

悟が赤くなる。

「本当にそうなったら良いよな。早くそんな日が来ればいい」

池畑が言った。

対露班は継続されている。戦争が終わるまで継続されるだろう。

日本ではウクライナでの戦争が日常の慣れになろうとしているがナターリャやマリヤにとっては厳しい現実のままなのだ。

それでもナターリャは今の日本での生活を有難いと思っている。

マリヤはお好み焼きを食べて「おいしい！」と日本語で言う。

そのマリヤに皆が目を細める。

「さぁ、たこ焼きも食べてや！　火傷《やけど》せんように気ぃつけてな」

仁がハフハフ言いながらたこ焼きを口にしてから言った。

「いいよなぁ、池畑一家は。いつでもどこでも食べ物屋さんで生きていけるよな」

池畑が笑った。

「ほんと、冗談抜きでそうだからなぁ」

すると真由美が突っ込む。

「冗談は失礼やな。うちの料理はプロなんやからな」

失礼しましたと、池畑が頭を下げて皆を笑わせる。

ナターリャは対露班の仕事で、日本での生活を充実させている。マリヤも日本の学校に通うようになり楽しんでいる。今ではナターリャよりも日常会話が出来る。

何より日本の平和な空気、どこにいても安心安全に過ごせる国は世界でもここしかないように感じる。

（でも……）

自分の国ウクライナを想《おも》う。

（故郷なんだから）

SNSに上げられるウクライナの映像は相変わらず厳しいものばかりだが、奪還した都市で少しずつ人々が日常を取り戻している様子にはホッとする。

「さぁ、ナターリャさんも食べて」

美雪がお好み焼きとたこ焼きをナターリャに渡した。

「オイシイデス」

そう言うナターリャに美雪が英語で言った。

「必ず戦争は終わりますよ。皆が懸命に戦争の終息に向けてアンガージュマン（社会参加）してくれている。日本の商社には力がありますから……」

分かっていますとナターリャは言う。

「私たちが共有の実存の中で平和を求めて行動していく。それが皆の、世界の幸福に繫がると思っています」

美雪の妙な哲学的言い方が面白いと思いながら、ナターリャはありがとうと言った。

「はぁーい、お待ちかねのカレーだよ！」

仁がカレーライスを運んで来た。

ナターリャ母娘を日本に呼んだカレー……それは相変わらず美味《おい》しかった。

「美味しいね！　お父さんのカレーは本当に美味しい！」

悟の言葉に皆が笑顔で頷いた。


稲山綾子は土曜日、鎌倉雪ノ下の実家を訪ねた。

父の莞爾が台所に立っている。

「タンシチュー？」

莞爾は頷いて鍋《なべ》の灰汁《あく》を黙ってすくった。

その姿は沈思黙考、鍋の中にある自分の心を眺めているようだ。

「……」

子供の頃から見て来たその父の姿が、一連の出来事を経て稲山には違って見えた。

(あの人が日本の運命を大事なところで救って来た)

祖父から続く奥の院との関わり……そこにある血脈の不思議を稲山は改めて感じた。

「？」

稲山は莞爾が鍋を覗《のぞ》きながら何か呟いているのに気がついた。

「……ドー、クイア……ドゥム」

唇の動きから稲山はそれを読み取って驚いた。

（奥の院への究極のパスワード！）

Credo quia absurdum
クレドー・クイア・アブスルドゥム……ラテン語で「不合理故に我信ず」という意味だ。

稲山はそれを無心に呟く父を見て思った。

（奥の院の存在、人類に永久に戦争をさせながら絶滅を回避させる……悪魔であると同時に天使の存在。合理を超えた不合理の存在）

稲山はその姿を見ながら心の深いところで父と通じ合ったことを恐ろしくも嬉《うれ》しく感じるのだった。


「みんな喜んでくれてた。真由美のお陰だよ。本当にありがとう」

ホームパーティーが終わり、池畑一家はナターリャ母娘を送ってから自宅マンションに戻った。

「お安い御用や。前よりナターリャさんもマリヤちゃんもずっと元気やった。ほんま良かったな」

池畑はその真由美に笑顔で頷いた。

「まだ戦争は続きそうだけど……必ず終わりは来る。それをナターリャ母娘にとって良い形にする為にやれることをやる。それしかないと思うよ」

　真由美は頷いた。

「そやな。やれることをやるしかないな。でもそこにやりがいがあるからエエやんか。それが生きるちゅうこっちゃで」

　そうだねと池畑は言った。

「生きることでは……青山が言った通りうちはいつでも食べ物屋で生きていけるもんな。俺はお好み焼き屋の大将をやるよ」

　真由美はなんとも言えない表情で言った。

「あんたがお好み焼き屋の大将なぁ……そらあんまり似合わんなぁ。やっぱりあんたは商社マンやで」

　その言葉に池畑は微笑みながら頷いた。


「ナターリャさんやマリヤちゃんと付き合うことが出来るのは本当に良い体験だね。悟の人生にも大きな意味があるよ」

　美雪の言葉に仁も素直に頷いた。

「本当の戦争は生半可なもんじゃないけど、それに直面した時に人間がどう考えどう行動するか？　そういう時にこそ人間の真価が問われると思うのは事実だね」

その仁に美雪は感心した。

「あんたも実存が理解出来るようになったね。凄《すご》いよ。尊敬する」

エッと仁は驚いた。尊敬するなど一度も言われたことがない。

対露班の仕事は難しいが、戦争と対峙《たいじ》することで日本として日本人として何が出来るかを真剣に考えて来たことは事実だ。それが自分の中の何か大事なものを変えたのかと仁は思った。

「美雪に尊敬とか言われると気味が悪いよ」

あぁという表情を美雪は見せる。

「あんたは調子に乗るから訂正する。尊敬はあんたの作るカレーだけ。あれは本当に美味しい。あんな風に皆を幸せに出来るカレーは他にはない。そのあんたは尊敬するということ……」

カレーと聞いて悟が言った。

「今日も美味しかったなぁ。お好み焼きやたこ焼きも美味しかったけど……やっぱりお父さんのカレーが一番だよ！」

仁はその言葉に心からの笑顔を返した。

参考文献
『ファウスト　第二部』ゲーテ　池内紀訳（集英社）

本書はハルキ文庫の書き下ろし小説です。

Haruki Bunko
ハルキ文庫

は 11-14

総合商社《そうごうしょうしゃ》 対露班《たいろはん》

著者 波多野《はたの》 聖《しょう》

2022年 9月18日第一刷発行

発行者 角川春樹

発行所 株式会社角川春樹事務所
〒102-0074 東京都千代田区九段南2-1-30 イタリア文化会館

電話 03(3263)5247(編集)
03(3263)5881(営業)

印刷・製本 中央精版印刷株式会社

フォーマット・デザイン 芦澤泰偉
表紙イラストレーション 門坂 流

ISBN978-4-7584-4518-4 C0193 ©2022 Hatano Shō Printed in Japan
http://www.kadokawaharuki.co.jp/[営業]
fanmail@kadokawaharuki.co.jp[編集]　ご意見・ご感想をお寄せください。

波多野聖の本

銭の戦争
第一巻 魔王誕生

明治21年に誕生した井深享介は小学生にして投機家の才能を見出され、相場師の道を歩み始める。日露戦争を背景に、魔王と呼ばれた天才相場師を描く歴史ロマン。

銭の戦争
第二巻 北浜の悪党たち

父に勘当を言い渡された享介は、〝実王寺狂介〟と名を変えた。相場の本場を勉強するため大阪・北浜へ出向き、北浜銀行の創立に剛腕を発揮した岩下清周《きよちか》、野村證券の創業者・野村徳七らと出会い相場の世界を拡げていく。